輕文選
LIGHT LITERARY SELECTIONS

京都寺町三条商店街的福爾摩斯 2

望月麻衣

目次

真城葵

17歲，高中二年級。
從埼玉縣大宮市搬來京都定居。
在因緣巧合之下，開始在古董店『藏』打工。
本來心裡還惦掛著前一所高中的男朋友，但現在已經走出陰影。

家頭清貴

22歲，就讀京都大學研究所1年級，綽號『福爾摩斯』。京都三条河原町商店街的『藏』古董店老闆之孫。
待人謙和有禮，但敏銳過人。
偶爾會捉弄人，是個「壞心眼」的京都男孩。

京都寺町三条商店街的古董店『藏』裡，有一位人稱『福爾摩斯』的奇妙男子；他擁有優異鑑定能力與敏銳的觀察力，不是京都男人，而是『京都男孩』。

「不，葵小姐，我之所以被稱為『福爾摩斯』，是因為我姓『家頭』的關係唷。」

——是的，※家（福爾摩），頭（斯）。（譯註：日文中「福爾摩斯」發音為「ホームズ」，音近「家（ｈｏｍｅ）」的外來語發音「ホーム」，「頭」可發音為「ズ」。）

「……你每次都這麼說。」

這是一本以京都為舞台，記錄著發生在福爾摩斯——家頭清貴，以及身為女高中生的我——真城葵身邊事情的愉快事件簿。

序章　『夏日尾聲』

從御池通往南穿過寺町商店街，途中會經過一間小小的古董店。

招牌上只寫著『藏』一個字。這就是店名，而我——真城葵，就在這裡打工。

店裡的裝潢融合了日本與西洋特色，洋溢著明治、大正時期的氛圍。古董沙發與櫃檯讓人聯想到古色古香的洋房會客室，宛如一間充滿懷舊風味的咖啡廳。

略低的天花板上吊著一盞小型吊燈，牆邊豎著一座高大的立鐘，店內的架上陳列著各式古董和雜貨。

現在在店裡的是老闆的孫子家頭清貴先生，綽號叫做『福爾摩斯』。

他的身材清瘦，留著長瀏海，皮膚白皙，鼻子高挺，是個帥哥。

「——葵小姐，妳怎麼了？」

就在店裡的立鐘響起，告訴我們現在已經下午一點的時候，坐在櫃檯前的福爾摩斯先生一邊記帳，一邊這麼問道。他的視線仍停留在自己的手上。

直覺敏銳的他明明沒有朝我這裡看，似乎仍是察覺到了我的視線。

「啊，沒有，我剛打掃完，現在正在放空。請問還有其他工作嗎？」

我手拿著除塵撢慌張地這麼說。這並不是謊言。打掃完之後，我就只是注視著福爾摩斯先生端正的側臉而已。

「也沒有什麼特別的工作……那不如我們來上課吧。」

「好、好的！我非常樂意！」

我興致勃勃地大聲說，福爾摩斯先生開心地瞇起眼。

「葵小姐，這裡不是※居酒屋。那麼就請妳坐在櫃檯前吧。」（譯註：在日本，客人在居酒屋點餐後，店員習慣回答「我很樂意！」。）

「好的。」我點點頭，快步走向櫃檯。這時，福爾摩斯先生靜靜地站了起來，幫我把椅子拉開。

「啊，謝謝你。」

福爾摩斯先生對我輕輕點頭示意，便往店面深處走去。

一如往常，他的一舉一動都優雅又充滿氣質。

我在這裡打工已將近五個月。每次看見他那優雅的行為舉止，都不免自我反省——我也應該表現得更成熟一點才是。

「——今天請妳看看這個。這是家祖父的收藏品之一。」

福爾摩斯先生從裡面取來一個小盒子，並這麼說。

他戴在手上的……並不是平常戴的白手套，而是黑色的手套。

「福爾摩斯先生，你把手套換成黑色的啦？」

我之前只看過白手套，所以覺得很新鮮，忍不住大聲說道。

「是啊，我也有黑色手套唷。妳不知道嗎？」

福爾摩斯先生若無其事地說，同時在我對面坐下，小心翼翼地將盒裡的茶杯拿出來。

「那我們就開始上課吧。」

他將修長的食指豎在嘴前，露出一抹微笑。

光是把手套從白色換成黑色，氣氛就變得截然不同，令人莫名心跳加速。

擺在我們面前的，是一個陶杯。

是的，所謂的『上課』，就是由福爾摩斯先生教我一些關於古董藝術品的知識。之前他雖然也會不定期地教我一些東西，不過正式進行『古董藝術品讀書會』，則是在我開始放暑假後的事。

因為放長假的關係，店裡希望我來打工的時間也變多了。

但那並不是因為店裡有許多工作需要我做，他們只是單純需要有人待在店裡罷了。換句話說，也就是顧店的人手。

基本上，這間店平常沒有什麼客人會進來，而打掃和確認庫存又沒完沒了，因此經常出現時間多到不知該如何是好的情形。為了有效利用這些時間，福爾摩斯先生決定教我一些有關古董的知識。

今天的這個茶杯，形狀叫做『碗形』，淡褐色的杯子上，有著用畫筆繪製的深褐色花紋。我是第一次看見這種杯子。

「……這是？」

「這是古唐津茶杯。」

「……古唐津。」

「這是桃山時代在現在佐賀縣的窯燒製的。現在請妳先仔細觀察。」

「——好的。」

我仔細地盯著茶杯。這個茶杯雖然樸素，但是相當有質感；然而繪製在杯上的花，老實說看起來相當拙劣，讓人看不懂到底畫了些什麼。

「……這好像畫得不是很好呢。」

我忍不住老實說，福爾摩斯先生揚起了微笑。

「是啊，但這也是古唐津特有的風味之一呢。人們常說古唐津是『喜愛陶器的人最後會喜歡上的東西』。它的特徵是土比較硬，且刻意把杯底製作成有皺摺的模樣，這種皺摺就叫做『縮緬皺』。」

「縮緬皺……」

我點點頭，從口袋裡拿出記事本，把福爾摩斯先生所說的話以及自己感受到的東西寫下來。

「……葵小姐，妳總是這麼認真呢。」

「沒、沒有啦，因為假如不寫下來的話，我怕會忘記。難得福爾摩斯先生這麼親切地教導我，身為徒弟，這麼做也是理所當然的。」我對他擺出敬禮的動作。

「什麼徒弟啦，我明明也還在學習，這樣講顯得我太厚臉皮了。」福爾摩斯先生苦笑著說，聳了聳肩。

沒錯，這間店的老闆家頭誠司，是知名的『國家級鑑定師』，而福爾摩斯先生正是他的孫子兼徒弟。他現在也還在學習當中。

「對了，所謂的學習當鑑定師，究竟都在做些什麼呢？」

「這很難回答呢。總之就是要累積經驗，只能不斷接觸真品。家祖父常說，只能注視著真品並且感受它，鍛鍊你的心眼。」

福爾摩斯先生感慨萬千地這麼說，同時把古唐津茶杯小心翼翼地收進盒子裡。

原來如此——就在我用力點頭的時候，掛門風鈴突然響了起來。

「歡、歡迎光臨。」

我趕緊站起來，向客人鞠躬。

由於平常沒什麼客人光顧，所以每次遇到客人，我都會很緊張。

不過福爾摩斯先生卻完全無動於衷，他把裝著古唐津的盒子放回架上，並露出一抹爽朗的笑容說：「歡迎光臨。」

這位客人是一名中年男子。

他身上穿著帶有光澤感、看起來很高級的西裝，手上戴著金錶，手裡拿著一個包袱。

他乍看之下像是個有錢人。但不知為何，總覺得他有點不太自然，或是說不適合那身裝扮。莫非這個人是暴發戶？

……我在想什麼啊。或許是因為長期待在一眼就能看穿各種事情的福爾摩斯先生身邊，所以連我都不知不覺養成了任意評斷別人的習慣吧。

「我想麻煩你幫我鑑定一下哩，可以嗎？」

男子面帶笑容，走向櫃檯。

「好的，請坐。」

福爾摩斯先生揚起微笑，請對方坐下。

「謝哩。」男子在櫃檯前的沙發坐了下來。

「我想請你幫我看一下這個哩。」

他立刻打開包袱巾，把包袱裡的盒子遞給福爾摩斯先生。

（從盒子的大小看來，應該是茶杯吧？）

我在與櫃檯有點距離的地方，拿著除塵撢打掃，並偷偷觀察他們。

「那麼請讓我鑑定一下吧。」

本來就戴著黑手套的福爾摩斯先生打開盒子，從盒裡拿出一個茶杯。

果然是茶杯。那是一個『半筒形』的茶杯，看起來沉甸甸的；土黃色的杯身，畫著深綠色的花朵圖樣。

「這是……」

福爾摩斯先生彷彿看見了什麼有趣的東西，綻放了笑容。

「其實我們家世世代代都在大阪經商，而這是在我家倉庫裡找到的。這是我已故祖父的收藏品哩，是不是叫做『黃瀨戶茶杯』咧？雖然聽說這是個好東西，但我對茶杯實在沒興趣哩。」

可能是看見福爾摩斯先生對自己所帶來的茶杯感到興趣吧，男子顯得很高興，探出身子滔滔不絕地說。

「黃瀨戶嗎？」

說完這句話之後，福爾摩斯先生用眼角餘光瞄了我一眼。

這是福爾摩斯先生的暗號，他正在用眼神問我：『妳覺得呢？』

在從暑假開始的古董藝術品讀書會上，我已經學過有關『黃瀨戶』的知識了。

我默默地點頭，再次仔細端詳這名男子帶來的茶杯。

「…………」

土黃色茶杯的表面沒有光澤，看起來堅固又厚重，也流露出歷史悠久的氛圍，乍看之下的確很像黃瀨戶。

然而它卻散發著一股怎麼也抹不去的『異樣感』。

雖然只是我的猜測——這個茶杯應該不是真品。

我沒辦法具體說出到底是哪裡不對勁，但就是覺得沒辦法接受。

看見我輕輕搖頭，福爾摩斯先生露出滿意的表情，點點頭，彷彿在說：『妳答對了。』接著把視線移向男子。

「很遺憾，這是贗品。」

聽見福爾摩斯先生斬釘截鐵地這麼說，男子睜大了雙眼。

「真正的黃瀨戶，表面應該會有一種俗稱『油氣肌』——也就是宛如把油倒在土壤表面的光澤感，但同時也保有潔淨感。然而這個茶杯上卻完全沒有那樣的質感。

另外，真正的黃瀨戶還有一個特徵，就是重量其實會比看起來輕，並不會這麼沉重。而真品還應該會呈現出一種叫做膽礬的鮮豔銅綠色，但這個茶杯卻又黑又暗沉。這顯然是刻意仿冒黃瀨戶的贗品。」

福爾摩斯先生手拿著茶杯，用冷冷的語氣這麼說。

男子先是愣了一下，臉上隨即浮現扭曲的笑容。

「──像、像你這種年輕小夥子，懂什麼哩？」

他的聲音充滿了怒氣。自己以為是真品而帶來鑑定的寶物，被這種年輕鑑定師指稱為『贗品』，他一定很不能接受吧。

「我懂喔。如果要再進一步說──你是明知這個茶杯是贗品，卻還故意帶來的對吧？」

「什麼！」男子高聲大喊。

聽見這句話，我也嚇了一跳。

這個人竟然不是因為相信這個茶杯是真品才帶來鑑定，而是明知它是贗品，還故意帶來鑑定啊。

「根據你剛才自己所說，以及從你講話的口音，都可以判斷你是住在大阪南部的人。既然如此，你為什麼要特地把這個茶杯帶來位在京都的古董店呢？大阪明明也有很多鑑定和收購的店，不是嗎？」

福爾摩斯先生面帶笑容地詢問，口氣非常溫柔，卻充滿了魄力。

男子瞬間答不上來，接著又像不願認輸似地開口道：

「這、這只是湊巧而已哩。我今天正好來京都，所以才會來這裡哩。」

「剛好來到京都，又剛好身上帶著黃瀨戶的茶杯，這未免也太不自然了吧。你應該是本來就知道，名鑑定師家頭誠司的孫子在京都寺町三条商店街的古董店幫人進行鑑定，藉以磨練自己吧。證據就是——你剛才看到我準備開始鑑定的時候，完全沒有表現出驚訝的樣子對吧？來到這裡的每一位客人，一看到要由我這個年輕人進行鑑定，都會嚇一跳呢。」

聽他這麼說，我不自覺地用力點頭。

沒錯，每一位帶著古董來店裡的客人，一看見還是學生的福爾摩斯先生進行鑑定，的確都會表現出驚訝和不安。

順帶一提，我自己第一次看見福爾摩斯先生進行鑑定的時候，也因為他看起來明明只是個學生而大吃一驚。

「你一開始就是以這間店為目標而來的……你大概覺得，一個還是學生的實習鑑定師，應該很好騙吧？」

福爾摩斯先生再次把視線轉向茶杯，揚起了嘴角。

「——這個茶杯完成之後，看來有請『塵垢師』進行處理呢。」

「……塵垢師是什麼？」

我忍不住出聲問道。福爾摩斯先生的視線依然停在茶杯上，緩緩開口：

「有一種職業，是專門讓全新的茶杯沾滿『塵垢』，使它看起來彷彿年代久遠。也有人稱之為『增加年代』。一個全新的茶杯，只要花一個月左右的時間，就能打造出像是已有三百年歷史一般的陳舊感。既然你會和那種專家打交道，就表示你是買賣贗品的老手。看來你已經騙過好幾個經驗不夠老道的鑑定師了吧。」

福爾摩斯先生彷彿自言自語地說。

男子貌似被他的氣勢震懾，一時說不出話來。

福爾摩斯先生像是要帶給對方更大的壓力，探出身子繼續說：

「你身上的那套西裝，也是為了要假扮成有錢人，而向別人借來的吧。很遺憾，西裝的尺寸和你的身形不合，而且儘管你身上穿著高級西裝，鞋子卻很破舊。你可能在某個契機下接觸到贗品，而且成功地將它高價賣給了一個經驗還不夠老道的鑑定師。

後來你得知京都寺町三条商店街也有一個既年輕、資歷又淺的鑑定師，於是打算如法炮製，把贗品賣給他——我有說錯嗎？」

福爾摩斯先生依舊滿臉笑容。

但他這番話，卻讓人害怕得背脊發涼。

「不，那個……」

男子八成是因為一切都被看穿，所以感到十分慌張吧。他滿頭大汗，支支吾吾地說不出話。

「真是遺憾哩。我雖然年輕，但也不至於沒經驗到被這種拙劣的東西騙倒哩。」

看見福爾摩斯先生瞬間露出冰冷的眼神，男子臉色變得蒼白。

哇，出現了，憤怒的京都腔！

『暗黑福爾摩斯先生』降臨。

福爾摩斯先生平常總是溫和優雅、品行端正。

乍看之下，他像是個沒什麼情緒起伏、完美無缺，欠缺了一絲人情味的人。

可是和他相處了一陣子之後，我漸漸發現他並不是那樣。

其實他意外地不服輸。雖然對人總是很體貼，但又很自我中心。

另外，最近我還發現他生起氣來很可怕。當他情緒變得激動時，平常使用的敬語就會消失，出現京都腔，顯露可怕的一面。

我暗自將這樣的福爾摩斯先生稱之為『暗黑福爾摩斯先生』。

看著這樣的暗黑福爾摩斯先生，那名男子拿起贗品茶杯和包袱巾，逃也似地奪門而出。

「啊，真是氣死人了哩。葵小姐，請妳撒點鹽！」

男子的身影消失之後，福爾摩斯先生立刻轉頭望向我。

「啊，好的。你是說撒鹽嗎？」

「對，撒鹽。」

「呃，可是現在店裡只有吃白煮蛋時沾的『調味鹽』而已，用這個可以嗎？會不會有點浪費？」

看見我拿著「調味鹽」從後面走出來，福爾摩斯先生瞪大了雙眼，接著噗哧一聲笑了出來。

「……說得也是，的確有點浪費呢。」

「對呀。」

「既然如此，我們就煮白煮蛋來吃吧。」

他開心地微笑著說。看來他的心情已經恢復了。

「太好了，我正好也有點餓了。」

於是我們決定趁著沒有客人上門的這段時間，煮些白煮蛋、喝杯咖啡休息一下。

「和葵小姐在一起總是能放鬆心情，真好。」

他用纖長的手指仔細地剝下白煮蛋的蛋殼，彷彿自語般這麼說。

「咦？為什麼？」

「每次不小心碰觸到惡質的贗品，我都會一整天心情煩躁；但今天一看到妳拿著調味鹽走出來，我就像瓦斯漏氣一樣消氣了。」

「什麼瓦斯啦。」我忍不住笑了出來。

「不過話說回來，那個人如果是詐騙慣犯的話，那我們不用報警嗎？不是有一些鑑定師被騙了嗎？」

「這麼說可能有點無情，但被騙的鑑定師其實也有錯。畢竟他們並不是一般人。當然，我還是會報告今天發生了這件事。」

這樣啊。就算對方是故意帶著贗品上門，身為鑑定師也必須看穿才行。

這簡直可說是鑑定師與仿製師之間的戰爭。

「……對了，不是有種東西叫做『複製品』嗎？那也是模仿真品製作的東西，假如要說它是贗品也沒錯吧？」

「『複製品』是得到作者認可的善意模仿，所以大家不會隱瞞它是『複製品』的事實，價格也與真品不同。買方是在理解這一點的狀況下選擇購買的。可是『贗品』卻是欺騙別人、試圖詐取金錢、充滿惡意的東西。我絕對不會原諒這種惡意。不論對作者或是對喜愛藝術品的人來說，『贗品』都是一種褻瀆。」

他皺起眉頭，喝了一口咖啡。

「……福爾摩斯先生真是一個正直的人呢。」

我不禁脫口而出，但福爾摩斯先生露出驚訝的眼神。

「正直……妳是說我嗎？」

「是啊。」我用力點點頭。因為我可以感受到福爾摩斯先生真心對贗品深惡痛絕。他一定是一個無法忍受虛偽、正直的人。

「不，我只是討厭贗品而已，我的內在其實是扭曲的，基本上我其實很腹黑。」

妳在胡說些什麼啊？——他朝我瞥了一眼，彷彿這麼說著，害我被嗆到咳嗽。

腹、腹黑？

「對了，葵小姐，妳暑假有什麼計畫嗎？」

在我低著頭時，突然聽見這個問題，我驚訝地抬起頭。

「暑、暑假嗎？」

為什麼要問我這個問題呢？

難道他想約我暑假一起出去玩？

「沒、沒有，我沒有什麼計畫。所以隨時都可以來店裡幫忙唷。」

內心的緊張害我講話速度變得很快。

就算他要約我，一定也只是去美術館或博物館，教我一些東西吧。明知道是這樣，我卻仍然小鹿亂撞。

福爾摩斯先生露出彷彿得救的表情，將手放在胸口。

「太好了。其實我八月一整個月都要在歐洲到處跑呢。」

「咦？」

「因為有國外的美術設施委託家祖父前去進行鑑定，還有飯店委託採購藝術品，所以每年暑假我都會在國外飛來飛去。」

「……原來如此。鑑定師也會做這些事啊。」

「是啊，沒錯。所以這段期間，就麻煩妳和家父一起顧店了。妳把學校的作業帶來店裡寫也沒關係，想要休息的時候，也只要跟家父說一聲就好。」

福爾摩斯先生語帶歉疚地說，我頓時整個人放鬆了下來。

「……好，沒問題。你在歐洲好好玩喔。」

「其實我也只是家祖父的助手和跑腿的，能不能好好玩其實很難說。不過我會帶伴手禮回來給妳的。」

「哇，真是令人期待。」

單純的我立刻笑逐顏開，接著把白煮蛋送進嘴裡。
「葵小姐，今年是妳來到京都後的第二個夏天了吧。妳也要好好享受喔。」
「……好的。我今年想去看『大文字燒』。」
「葵小姐，那不是『大文字燒』，而是『五山送火』唷。」
他豎起食指，帶著責備似的口吻說。
「啊，對了。不可以在京都人面前這麼說對吧。」
是的。我住在關東的時候，一直以為那個活動是『大文字燒』，但它正式的名稱其實是『五山送火』。
也就是在五座山上，分別用火焰呈現出『大』、『妙法』、『船形』、『鳥居形』、『大』等文字（順帶一提，有兩座山呈現的是『大』字，因此其中一個叫做『左大文字』）。
「沒錯，不可以這麼說。」
福爾摩斯先生用力地點頭。看見他一如往常的模樣，我笑了出來。
「不好意思……對了，那個……」
「什麼？」
「你真的很腹黑嗎？」我轉而問道。
「葵小姐，妳不知道嗎？『京都男孩』都是很腹黑的哩。」

福爾摩斯先生把手放在胸口，露出一抹傲然的笑容。

「！」

他那模樣完全打中我的心，害我頓時說不出話來。

『腹黑的京都男孩或許也不錯』——當時的想法，就當作祕密吧。

那是一個輕鬆悠閒的夏日午後。

第一章　『鑑定師的哲學』

1

就在京都那折騰人的酷暑稍微緩和下來的時候，暑假結束，新學期開始。即使如此，學生們依然沉浸在放假的情緒裡。

也許是因為明年就要考大學了，所以許多高二學生都打算趁現在大玩特玩；班上那些皮膚曬得黝黑的同學，看起來格外顯目。

一到下課時間，教室裡更瀰漫著懶散的氛圍。

「哇，所以葵妳已經和前男友斷乾淨哩。」

驚訝地這麼高聲說話的，是從隔壁班來我們班玩的宮下香織。

因為『齋王代恐嚇信事件』而和我變成好朋友的她，我在這間學校的朋友中，只有她知道福爾摩斯先生的事，以及我的過去。

順帶一提，我們現在都直呼對方的名字。

相隔許久不見的我們靠在通風的窗邊，互相報告近況。

「……嗯，雖然拖了很久就是了。」

我把發生在祇園祭宵宵山的事情告訴香織之後，便垂下了視線。

——去年夏天，我們全家因故從埼玉搬來京都。

我從國中時期交往的男朋友還在埼玉，因此我們理所當然地變成遠距離戀愛。經過幾個月後，我們還是分手了。

起初我覺得這也無可奈何。畢竟變成遠距離之後，兩個人的感情轉淡也是沒辦法的事。

可是，原來對方跟我分手的真正原因，是因為他和我最要好的朋友開始交往了……這個事實對我造成極大的打擊。

當時的我一心只想立刻回到埼玉確認種種事情，為了籌措交通費，我打算變賣已故祖父的掛軸，因而造訪位在寺町三条商店街的古董店『藏』。當時還是天氣微涼的三月。

在那裡，我邂逅了一位很特別的青年——家頭清貴先生。大家都稱他為『福爾摩斯』。

『葵小姐，如果妳不嫌棄，要不要在這裡工作呢？要不要考慮自己腳踏實地工作、賺取交通費，而不是偷偷變賣家人的寶物呢？』

擁有驚人觀察力的福爾摩斯先生看穿了我的一切，於是邀請我在他們店裡打工。

在接觸了奇特的他以及各種美麗的藝術品之後，我的情傷慢慢痊癒了。就在我已經忘記前男友、我的摯友以及過去的種種，打消回埼玉的念頭時——

在祇園祭宵宵山的那一晚。

我的前男友和摯友因為畢業旅行來到京都，而我和他們碰面了。

一切根本不可能輕鬆解決。

我的朋友們全都站在前男友和摯友那邊，只有我一個人在原地如坐針氈。

當時前來解救我的，就是福爾摩斯先生。

他用力牽著我的手，把我帶離了現場……我真的覺得得救了。

『盡量哭吧，妳已經很努力哩。』

他的大手輕撫著我的背。

於燈籠的亮光下，我倚在福爾摩斯先生寬闊的胸膛哭泣……一想起這件事，我的胸口就不禁發熱。

「欸，妳是不是喜歡上他哩？」

香織突然看著我的臉說，讓我嚇了一跳。

「什、什麼？」

「他不是在妳最危急的時候解救了妳嗎？而且他那麼帥，會被他迷得暈頭轉向也不奇怪吧。就連我姊姊也成了福爾摩斯先生的粉絲哩。」

「那、那香織妳呢？」

我有點猶豫地問道，香織卻露骨地皺起了眉頭，搖搖頭說：

「我不行啦。他給我的印象就是完全不知道在想什麼，很恐怖哩。雖然我姊姊說他很帥，對他神魂顛倒，但我真的很怕他那種能看穿一切的能力。」

呃，這麼說來，對於在齋王代事件中被看破自己一切所為的香織來說，會覺得恐怖也很合理吧。

「那葵妳呢？」

「如、如果要摸著良心說的話，我是有點心動啦……可是因為我之前一直沒走出前男友的情傷，所以我也搞不清楚自己的心意。」

「這樣啊。不過，暑假期間妳應該和福爾摩斯先生變得更親近了唄？」

「沒有，福爾摩斯先生暑假期間和老闆出國去了。」

「所謂的老闆，就是那個家頭誠司先生嗎？」

福爾摩斯先生的祖父家頭誠司先生，是國家級鑑定師，在京都似乎相當有名。

「嗯。老闆有很多國外的工作，所以好像每年暑假都會帶著福爾摩斯先生出國。」

「喔，原來如此。畢竟福爾摩斯先生是他的繼承人嘛。」香織點點頭表示理解。

繼承人——這個用詞一點也沒錯。

在當今藝術鑑定界具有世界性權威的老闆，似乎一直努力讓自己的繼承人，也就是他的孫子福爾摩斯先生跟許多相關人士見面。

而且這並不是現在才開始的，聽說從以前只要放長假，他就會把福爾摩斯先生帶出國。這麼說來，在我剛認識福爾摩斯先生的時候，他曾經說過：『因為我一天到晚都在和家祖父玩，所以沒有應屆考上京大。』就是因為這樣。

「所以暑假期間，都是我和店長在『藏』顧店。」

「哎呀，這樣的暑假跟怦然心動真是相差了十萬八千里呢。跟那個店長一起顧店，未免太無趣了唄。」

「可是和店長一起顧店，氣氛很輕鬆，我覺得也很不錯啊。」

店長雖然話不多，但是非常體貼，我很喜歡跟他一起度過的時光。

「所以只剩店長一個人顧店又顧家囉？真是辛苦……對了，福爾摩斯先生家是什麼樣的建築啊？」

聽見香織沒頭沒尾地這麼問，我眨眨眼說：「什麼樣的建築？」

「他們是古董藝術品界的人，總覺得應該會住在傳統的『町家』吧。」

「喔，原來如此。他完完全全是個京都男孩，的確很像是會住在『町家』的人呢。」

我點點頭這麼說，但是香織卻疑惑地皺起了眉頭。

「京都男孩是什麼?應該是『京都男人』唄？」

她和福爾摩斯先生一樣吐槽我。

看來京都人很介意別人擅自更改他們的傳統用詞。

「嗯，我知道，但福爾摩斯先生這個人，與其說是『京都男人』，倒不如說『京都男孩』更適合吧。感覺他比『京都男人』還輕鬆一點。」

「——喔，這麼說來，我好像也有點能理解妳的語意哩。」

她點點頭，貌似接受了我的說法。

看來只要能讓對方理解，稍微改變一下傳統用詞好像也沒關係。

「所以妳不知道福爾摩斯先生他們住在哪種房子嗎？」

香織把話題拉回來，我回過神，抬起頭。

「嗯。我沒去過，也沒看過。」

不過，我倒是聽過家頭家的居住狀況。據說老闆的家比較靠近銀閣寺，店長住的大廈在八坂附近，福爾摩斯先生則在兩處之間來來去去，負責管理。對福爾摩斯先生來說，就像有兩個家一樣。

「原來如此。他們沒有住在一起啊。」

聽完家頭家的居住狀況之後，香織雙手抱胸，興味盎然地點點頭。

「然後啊，最近老闆邀請我去他家。」

「很好哇，等妳去過之後，再告訴我他們家是什麼樣的房子唄。」

「其實我想請香織到時候和我一起去。」聽我接著這麼說，香織發出尖聲怪叫。

「我？為什麼？不要啦，我不太想跟福爾摩斯先生見面。」

香織猛搖頭，全身散發出抗拒的氣息。

「咦，為什麼？」

「因為總覺得好像什麼都會被他看穿，很恐怖。」

看見香織一臉認真地這麼說，我忍不住笑了出來。

「雖然可能真的什麼都會被他看穿，但沒有關係啦。」

「被摸透一切真的很恐怖耶。是說，為什麼葵都不在乎呢？妳不討厭什麼都被看穿嗎？」

「我嗎？我一開始也覺得毛骨悚然，不過最近已經慢慢習慣了。應該說，這樣講起話來比較方便。」

「什麼叫做講話比較方便，妳未免也太習慣了唄。而且更重要的是，為什麼要找我去哩？」

香織會覺得奇怪也是理所當然的。

「那是……昨天發生的事。」

聽我緩緩地開始述說，香織不禁為之屏息。

2

——昨天，也就是星期日。

出國一個月的福爾摩斯先生回到古董店『藏』之後，原本不知為何有些忙亂的店裡便穩定了下來。

我不禁深深體認，福爾摩斯先生雖然是老闆的孫子，正職又是學生，但是對『藏』而言卻是不可或缺的存在，連我自己也覺得心情變得平靜，一如往常悠閒地工作著。

「葵小姐，請問下個週末妳有空嗎？」

本來在記帳的福爾摩斯先生像是忽然想到似地，抬起頭說。

「下個週末嗎？」

……週末我都會在這裡打工啊。

就在我這麼想，同時把視線移向桌曆時，這才想起下週末『藏』很難得地公休了。

「這麼說來，下週末我們店裡公休呢。」

「是啊。」

這間店沒有特定的公休日。

畢竟平常並沒有什麼客人，老闆看起來也不是靠這間店的營業額維持生計，只是因為『如果把店收起來，商店街就會變得寂寥』這樣的原因，基本上每天都會開店。

『藏』在週末連續公休兩天，是很罕見的事情。

（順帶一提，這是我來這裡打工之後遇到的第一次公休。）

不過，他為什麼要問我有沒有空呢？

我感覺到自己的心臟噗通噗通地狂跳，同時轉過頭回答：「我沒有什麼特別的事情唷。」

「那妳要不要來我家玩呢？啊，是家祖父的家。」他接著說道。

老闆的家，也就是銀閣寺附近的那個家。

「咦？」我的高興大過於驚訝，忍不住露出了笑容。

我只是單純對家頭家會是什麼模樣感到很好奇。

「如果可以的話，也請邀請妳的朋友香織小姐。」

聽見福爾摩斯先生繼續這麼說，我忍不住疑惑地說：「香織？」

為什麼要我約香織呢？

難道是因為福爾摩斯先生喜歡香織，所以想利用我，邀請香織去他們家？

……雖然這麼做也是他的自由，但是被利用實在令人不悅。

就在我露出苦惱的表情時，福爾摩斯先生輕輕嘆了一口氣。

「是啊，因為盡量多找一點人來，他才會比較高興。而且不管是各個年齡層的女性，那個人都喜歡。」

「──那個人是？」

「失禮了。其實這個週末，我們家要舉辦家祖父的慶生會，替他慶祝喜壽。」

所謂的『喜壽』，就是『七十七歲』的生日。我記得已故的祖父七十七歲生日的時候，家人們也齊聚一堂替他祝壽。

老闆也七十七歲了啊。與其說他的健康狀況不錯，不如說他還充滿精力呢。

「那真是恭喜。」

「謝謝妳。他是虛歲七十七，所以其實是滿七十六歲。家祖父說想在家裡舉辦宴會，慶祝喜壽，打算邀請很多朋友來。

我非常希望葵小姐也可以出席，但我想那天我應該會很忙，所以如果妳朋友也一起來的話，妳應該比較不會感到不安。」

聽完福爾摩斯先生這麼說，我終於明白他要我邀請香織的原因了。

原來那天會是一場眾多友人造訪的慶生會啊。

福爾摩斯先生當天一忙起來，很可能會把我一個人丟在那裡。

所以他替我設想，如果我能和朋友一起去，就比較不會寂寞。他還是一樣細心又體貼。

「好、好的，我也會邀請香織。」

「太好了。慶生會預定在星期六的中午舉辦，那就麻煩妳了。」

「星期六……不過，為什麼連星期日也要公休呢？」

「因為宴會有可能一直持續到隔天早上。」

福爾摩斯先生聳了聳肩，我笑著說：「原來如此。」

「慶生會從中午開始，那就表示福爾摩斯先生整個上午都得忙著準備對吧？」

既然宴會會有很多人參與，準備工作一定很辛苦吧。

像是餐點之類的，該不會全都要福爾摩斯先生製作吧？

「是啊，不過餐點我們已經拜託有交情的料亭準備了，我只需要把餐點擺好就行了。」

原來餐點是叫外送啊。想必一定很豪華。

既然如此，也許福爾摩斯先生一個人也準備得來，不過——

「……呃，如果你不嫌棄的話，要不要我早上先去府上幫忙呢？雖然我可能幫不上什麼忙就是了。」

聽見我這麼說，福爾摩斯先生訝異地眨了眨眼。

「啊，我這種笨手笨腳的人，去了也只是幫倒忙吧。」

「不，怎麼會。可是，真的可以嗎？」

「當然啊。」

「……謝謝妳。那麼星期六可以麻煩妳嗎？」

「好的。」我精神飽滿地點頭。

「真的非常謝謝妳哩。葵小姐真是體貼哩。」

無預警地聽見他這麼說，我頓時面紅耳赤。

3

「——原來如此，他們要舉辦老闆的喜壽慶生會啊！」

聽完我的說明，香織的雙眼閃閃發亮。

「慶生會的時間是星期六的中午，希望妳可以參加。另外，我打算上午先過去幫忙。」

「感覺很好玩呢，我很想去！」

「謝謝。不過我有點意外耶，我以為妳會說妳沒興趣而拒絕我。」

聽見香織不假思索地回答，我雖然感到驚訝，同時也鬆了一口氣，輕撫胸口。

「因為那是『家頭誠司』的喜壽慶生會啊。賓客裡一定會有很多名人。葵，妳去年才搬來，可能不知道，誠司先生大概在兩年前，偶爾會上關西地區的電視呢。」

「咦？這是我第一次聽到呢。」

「不是有個電視節目叫做『家寶探訪』嗎？」

家寶探訪——一個替人鑑定傳家之寶的節目。

那個節目很受歡迎，但是畢竟沒有那麼多人家裡有傳家之寶，所以我記得它早就停播了——

「『家寶探訪』這個節目在關西非常受歡迎，現在還會定期播出特別節目呢。」

「是喔，原來如此。」

「誠司先生偶爾也會以鑑定師的身分上那個節目，他在關西地區可是個名人呢。」

「我都不知道耶。」

真是的，為什麼都沒人告訴我呢？不過我也總算明白了，不管走到哪裡，大家都會說『是那位家頭誠司先生！』，或許就是多虧了電視的威力吧。

「那個節目基本上是以老年人為主要客群，所以我不常看，但是誠司先生在電視上非常高雅又紳士，擄獲了許多家庭主婦的心哩。」

「……高雅又紳士。」

看來老闆在上電視時很會假裝呢。

要是他展現出自己豪爽又奔放的那一面，說不定會更受歡迎呢。

「所以，搞不好會有明星來哩。」

香織的雙眼更加閃閃發光，讓我嚇了一跳。

「明、明星？」

怎麼這樣，萬一真的有明星來怎麼辦？我會緊張！雖然我暗自感到不安，但是下一秒鐘，我的腦海就浮現秋人先生的面孔。

……啊，那個人其實也是明星呢。而且還是個大帥哥。

一想到這裡，原本的緊張心情頓時放鬆了。

「好期待喔。」

看見香織高興地瞇起了雙眼，我覺得有點疑惑。

「……沒想到香織也會趕流行啊。」

我本來以為她是個很酷的女生。

「妳在說什麼啊。京都人都愛趕流行啊。」

「咦？是這樣嗎？」

「對啊。很多人只是沒有表現出來而已。另外不管是新的東西、麵包、西餐和拉麵，大家都非常喜歡哩！」

「的確，京都的麵包店和拉麵店都好多喔。」

我們兩人彼此對望，哈哈大笑。

4

之後幾天，福爾摩斯先生似乎因為準備慶生會以及學校的課業而變得忙碌，沒有再到『藏』露臉了。

負責顧店的主要是店長。

店長寫小說遇到瓶頸時，好像就會坐不住，所以常常我一進店裡，他就立刻飛奔出去。不過最近他的創作好像很順利，一直坐在櫃檯心無旁鶩地寫稿子，不再奪門而出了。

像今天，他更是過了很久，才發現我已經來到店裡。

他非常地專注。但話說回來，他這樣要怎麼顧店呢？

我自顧自地呵呵笑了起來，安靜地打掃，盡量避免打擾店長創作。

店裡有很多東西，光是要把灰塵擦乾淨，就得花上一番工夫。

在店長振筆疾書的唰唰聲中打掃。我不討厭這樣的時光。

忽然，店長停下了筆，伸了個懶腰。

看來他的創作告一段落了。

雖然我才打掃到一半，但我立刻走進茶水間泡了咖啡。

「請用。」聽見我放下咖啡杯的聲響，店長才回過神似地抬起頭。

「——啊，葵小姐，謝謝妳。」他開心地彎起眼睛。

「你的稿子寫到一個段落了嗎？」

「是啊，這是重新改寫的短篇小說，已經寫完了。」

「辛苦了。」

「謝謝。」店長輕聲說，緩緩啜飲了一口咖啡。

他這個時候的動作，真的像極了福爾摩斯先生。

店長察覺我的視線，一臉不解地看著我。

「怎麼了嗎？」

「沒什麼。老闆的慶生會就快到了呢。」

我這麼說，店長望向桌曆，無奈地嘆了一口氣。

「……真的呢。」

他看起來似乎不太期待。

「你的工作做不完了嗎？」

「不、不，是因為我不擅長面對群眾啦。因為那是家父的慶生會，所以我必須向賓客打招呼對吧？我緊張到肚子都痛了。」

他一臉憂鬱地再次嘆息。雖然很沒禮貌，但我覺得這樣的店長莫名地可愛。

這一點他和福爾摩斯先生以及老闆倒是截然不同。

老闆還上過電視呢。

「……對了，我朋友說老闆以前上過電視，是真的嗎？」

「是啊。應該說，葵小姐，妳現在才知道嗎？」

「我不知道呀。又沒有人告訴我。」

「那真是不好意思。該怎麼說呢，這算是眾所皆知的事實了吧。而且他最後一次上電視，已經是兩年前的事情了。」

「他已經不上電視了嗎？」

「是啊。雖然還是會接到邀請，但他都回絕了。」

「總覺得有點可惜呢。我也好想看看電視上的老闆喔。」

看我一臉遺憾，店長輕輕笑了笑。

「他在電視上簡直是另一個人呢。」

「這我也從朋友那裡聽說了。他現在為什麼都不上電視了呢？」

「呃……因為發生了一些事情。」店長語帶保留地說。就在我感到奇怪的時候，店門忽然被推開。

「哇，好漂亮的店喔。好像古董咖啡廳。」

「我一直想要一個陶瓷杯呢。」

兩位看起來像是觀光客的客人走店裡。

「歡迎光臨，請慢慢看。」

我趕緊轉身朝向門口，露出接待客人專用的笑容。

5

星期六。

我和福爾摩斯先生約好早上九點在『哲學之道』的入口碰面。

從我家裡出發，只要沿著『今出川通』這條橫向的路一直往東走，就會遇到一條縱向的『白川通』。

『哲學之道』的入口就在那裡。

『雖然有公車可以搭，但既然是騎腳踏車能到的距離，那我就騎腳踏車去吧。』

我這麼想著，一如往常地騎腳踏車前往——沒想到過了東大路通之後，接下來的路竟然全是緩緩的斜坡！

真是累人（不過回家的時候應該很輕鬆就是了）。

我努力地踩著踏板，籃子裡準備送給老闆的禮物也隨之搖晃。

順帶一提，我準備的禮物是埼玉的名酒，叫做『天覽山』。我不知道該送世界聞名的鑑定師什麼東西才好，所以去找媽媽商量。媽媽說送酒最保險，所以我就買了這瓶酒。

我拚了命地往前騎，終於看見上坡路的盡頭，有一座用平假名寫了『淨土寺橋』的小橋。小橋的右邊有一個木頭看板，上面寫著『哲學之道』；福爾摩斯先生就站在橋上，滿臉笑容地對我揮手。

他穿著襯衫和牛仔褲，率性又清爽，讓人忍不住多看他幾眼。

「讓、讓你久等了。」

我過了紅綠燈，一到橋上，就跳下腳踏車。

「妳果然是騎腳踏車來。今出川的斜坡很累人吧？」

福爾摩斯先生笑了笑，同時把一瓶沒開過的運動飲料遞給我。

他大概是料想到我會騎腳踏車來，所以特地替我準備的。

直到現在，我還是很佩服他敏銳的觀察力和周到的準備。

「——謝謝你。因為我覺得這個距離應該可以騎腳踏車來，沒想到一路上竟然都是這種平緩的上坡路。」

我打開寶特瓶的蓋子，喝下一大口。

接著我頓時覺得疲累的身軀得到了舒緩。

「從妳住的洛北到這裡，如果要騎腳踏車的話，其實可以從北大路通接到白川通，再從那邊走下坡過來，會比較輕鬆唷？」

「唉唷，請你早點告訴我啦！」

我氣呼呼地抬起頭來，福爾摩斯先生笑著說：「也是喔。」

「那我們走吧。啊，腳踏車我來牽。」福爾摩斯先生抓住腳踏車的龍頭，慢慢地往前走。

「……謝謝。」

我在心裡佩服他一如往常的周全，同時跟在他後面走。

琵琶湖疏水兩側的樹木，葉子已經染上了些許紅色。

這些全都是櫻花樹，到了春天，此處的景色一定美不勝收。就像配合著潺潺流水聲，樹葉也隨風搖曳。

我沿路看見好幾間漂亮的咖啡廳，不禁感到雀躍。

我再次深深感受『哲學之道』真的是個非常適合邊散步、邊思考事情的地方。

「……你們家離這裡很近嗎？」

「要走一段，不過還算近。」

「這樣啊，真是令人期待。」

他們家會是什麼樣的建築呢？

平常總是穿著和服的老闆，他家果然應該是日式建築吧？

既然能在家裡舉辦宴會，房子一定很大吧。

啊，真的好期待喔。

「我得努力幫忙才行。」

就在我這麼自言自語，同時握緊雙拳的時候，福爾摩斯先生帶著歉疚的表情望向我。

「對不起，我們已經用昨晚和今天早上的時間，都準備完成了。」

「咦？什麼？」

「既然都特地請妳來這裡一趟了，我想帶妳去銀閣寺看看，妳覺得怎麼樣呢？葵小姐，妳去過銀閣寺嗎？」

聽到他的問題，我露出苦笑。

「銀閣寺……我國中畢業旅行的時候去過，但我幾乎沒有印象。『哲學之道』倒是還記得。因為我們是看完金閣寺之後才去銀閣寺，所以只有『根本不是銀色的嘛』這樣的印象而已。」

我聳著肩說。福爾摩斯先生點點頭，彷彿一切都如他所料。

「很多人都這麼說，但銀閣寺其實也很棒唷。雖然寺院建築本身並不是銀色的，卻能讓人感受到一種『煙燻銀』的雋永風味。」

「……煙燻銀？」

「沒錯。如果說華麗又豪爽的家祖父是金閣寺的話，那麼沉靜穩重的家父就是銀閣寺吧。」

他的比喻雖然有點唐突，但是非常簡單易懂，讓我忍不住笑了出來。

「的確，老闆給人的感覺真的就像豪華絢爛的金閣寺呢！我現在想再去看一次讓人聯想到店長的銀閣寺了。」我頓時充滿了期待，大聲地說。

「那我們走吧。」

福爾摩斯先生揚起微笑。

我們沿著哲學之道往前走，向左（北）轉之後，就來到了通往銀閣寺的參道。

這條路很窄，可能只有小車才得以勉強會車。

一路上販售伴手禮的店家一字排開。

「哇，這裡的氣氛就像通往清水寺的二年坂呢。」

「這裡的規模雖然沒有那麼大，不過氣氛也很歡樂呢。」

福爾摩斯先生牽著腳踏車，點點頭附和。

現在還很早，所以路上的行人不多，也有許多店家還沒開，但到了中午，我想一定會變得非常熱鬧吧。

這裡還有好幾間看起來很棒的咖啡廳，希望下次有機會悠閒地體驗一下。

「福爾摩斯先生，你去過那間咖啡廳嗎？」

我看著一間咖啡廳問道，但是福爾摩斯先生卻發出「咦？」的一聲，彷彿很訝異地望向我。看見他的反應，我感到一頭霧水。

「怎麼了嗎？」

「葵小姐，這是蠢問題啊。」

「蠢、蠢問題嗎？」

「說是個蠢問題好像太過分了點，失禮了。其實我非常喜歡咖啡廳。整個京都市裡的咖啡廳，我想我應該全都去過了。」他露出堅定的眼神如此說道，結果換我感到訝異。

「咦，是這樣嗎？京都市內的咖啡廳，你每一間都記得嗎？」

「是啊，我把每一間咖啡廳的紀錄和感想都記在筆記本上。」

「好、好厲害喔。」

「總有一天，我想要出一本叫做《京都咖啡廳探訪》的書。」

「哇，好棒喔！」

「不，這是開玩笑的。」

「請、請不要開這種難懂的玩笑好嗎！」

該、該怎麼說呢，福爾摩斯先生他……真是個怪人！

「想出書雖然是開玩笑的，但是等我研究所畢業後，是真的想把『藏』改造成古董咖啡廳。目前這種狀態，客人都不太敢踏進店裡對不對？假如改造成咖啡廳，大家就能輕鬆地走進來，也更有機會接觸古董了。」

「原來如此，這聽起來也好棒喔。如果是咖啡廳的話，大家的確就比較敢踏進來了呢。」

「謝謝。到時候說不定還需要葵小姐幫很多忙，請妳多多擔待了。」

看見福爾摩斯先生溫柔的微笑，我不由得心跳加速。

那會是幾年後的事呢？我可以在那裡工作到那麼久之後嗎？

「好、好的，我會加油。」

「不過仔細想想，那也是好久以後的事了呢。」

福爾摩斯先生愉快地笑著說，但我劇烈的心跳卻停不下來。

我們在不算長的參道上散步，把腳踏車停好，走進了銀閣寺境內。順帶一提，銀閣寺其實是暱稱，它真正的名字是『東山慈照寺』。

一回神，福爾摩斯先生已經幫我付了參拜費，把可以當作※御札使用的入場券遞給我。（譯註：貼在家中的平安符。）

「謝謝。請問，為什麼銀閣寺明明沒有使用銀，卻叫做『銀閣寺』呢？」

「這個嘛，當初打造銀閣寺的是室町幕府八代將軍足利義政，他參考祖父足利義滿所建造的金閣寺，建造了這座東山山莊。東山山莊的閣樓，叫做『銀閣』，所以整座寺院就被人稱為銀閣寺了。」

他一如往常流暢地說明，我感到佩服之餘，跟著他的腳步走進寺院境內。

立刻映入眼簾的，就是一座黑色的寺院（觀音殿）。

那穩重的模樣，的確有種『煙燻銀』的雋永風味。

國中畢業旅行時，我沒有任何感覺……應該說，當時的我甚至對銀閣寺感到有點失望。然而現在，可能是因為事前聽見『像煙燻銀一樣的雋永風味』這個形容的關係，我深感認同。

它並不華麗，但卻穩重、溫柔、優雅——而且耐人尋味。

「真、真的是店長耶，福爾摩斯先生！」

我轉過頭大聲說。看見四周的人個個目瞪口呆，我趕緊用手摀住嘴巴。

「這座『煙燻銀』寺院真的很有味道對吧？」

「是的。該怎麼說呢？它有一種長大之後才能明白的魅力呢。我在國中的時候完全沒有辦法體會。」

「葵小姐也長大了呢。」

福爾摩斯先生感慨地說，害我頓時臉頰發燙。出現了，他那種若無其事的『壞心眼』攻擊。

「不、不要這樣說啦。先別說這個了，如果店長是銀閣寺，老闆是金閣寺，那福爾摩斯先生你自己又是哪一間寺院呢？」

「我嗎？那太僭越了。不過，在所有的寺院當中，我最喜歡的就是清水寺。

而且『清貴』也一樣有個『清』字。」

福爾摩斯先生把手放在胸口，眺望著遠方，雙眼發亮地說。

啊，清水寺很棒呢……我不知不覺也跟著他瞇著眼睛望向遠方。

「我只是喜歡而已，可沒說我自己就是清水寺唷。可不可以別用那種嚇到的眼神看我？」

「咦——真的嗎？」

「是啊，我才不敢拿自己跟清水寺比呢。」

我們就這樣一邊談笑，一邊沿著建議路線往前走。

這條路線繞了銀閣寺一整圈，比想像中還要長。

「怎、怎麼這麼長啊？」就在我這麼想著，同時氣喘吁吁地爬到石階的頂端時，赫然發現從這裡可以將整個京都盡收眼底。

在群山環繞之中，平房式民宅的屋頂綿綿相連。

京都沒有太多高聳的建築物，可以清楚看出這個城市真的被山包圍著。

「哇，視野好遼闊喔。」

「這就是從東山眺望的京都。景色很棒吧。」

「是的！我的疲勞一下子就消失無蹤了！」

在一片蔚藍晴空下，涼爽的秋風輕撫著肌膚。

從東山俯瞰的京都，也別有一番風味呢……

「福爾摩斯先生，我今天能來這裡真是太好了。我已經愛上銀閣寺了。」

就在我轉向他這麼說的時候，福爾摩斯先生開心無比的笑容突然映入眼簾，讓我猛然心跳。

「太好了，我也非常喜歡銀閣寺。不過，我一直覺得它因為這個暱稱的關係，吃了很多悶虧呢。」

「……的確是這樣。」

「所以葵小姐能喜歡上這裡，我真是太高興了。」

福爾摩斯先生依舊覺得自己肩負著宣傳京都的責任，我看著這樣的他，忍不住嘴角上揚。

「那我們差不多該走了。」

「啊，好的。是啊。」

對了，接下來還有慶生會呢。

「話說回來，老闆以前上過電視對吧？」

當我們沿著坡道往下走的時候，我突然想起這件事，於是開口問道。福爾摩斯先生輕輕地點頭。

「——是啊，兩年前，他偶爾會上電視。」

「那為什麼現在不再上電視了呢？」

我當時問店長這件事時，他好像不太想回答的樣子。

「兩年前，他上『家寶探訪☆秋季特別節目』的時候，發生了一些問題。之後他就說上電視很麻煩。」

「問題嗎？」我不知為何自顧自地緊張了起來。

「葵小姐聽過一位叫做『ＤＯＮ・影山』的魔術師嗎？」

「當然聽過。他很有名啊。」

這個人有名到任誰都會理所當然地點頭。人稱『平成奇術王』的他，是一位魔術師，同時也是演藝圈的大老。他講話又毒又尖銳，所以經常受邀在談話節目中擔任名嘴。

雖然他平時給人囂張跋扈的印象，但由於他很積極參加各種慈善活動，所以感覺也像演藝圈的意見領袖。

「當時ＤＯＮ・影山帶著他家的傳家之寶上了那個節目。該寶物是※朝鮮王朝的青花壺，假如是真品的話，可是價值連城，因此成為該節目的賣點。可是在錄影前進行確認時，家祖父鑑定出那是贗品，工作人員為此人仰馬翻。（譯註：1392~1897年，又稱李氏朝鮮。）

製作人拜託家祖父：『為了這個節目，可不可以請你說它是真品？』但家祖父當然不肯答應，最後沒辦法，只好就這樣進行錄製。雖然說是事前錄影，但攝影棚內還是有一般觀眾，家祖父在觀眾面前明言那是贗品，令影山勃然大怒，斥責家祖父：『你根本瞎了眼。』。

最後，ＤＯＮ・影山那一段錄影全被剪掉，當時的氛圍彷彿這一切都是家祖父搞砸的，所以家祖父也很生氣，說：『我再也不要上電視了！』，大概是這樣吧。」

「原、原來如此。」

這個故事實在太有老闆的作風了，害我不由得有點佩服。

「雖然節目沒有播出，社會大眾並不知情，但是在演藝圈裡卻引起了軒然大波呢。」

「……原來當初發生過這種事情啊。」

電視圈果然是個辛苦的世界啊。

不過，既然老闆引起了那麼大的騷動，今天說不定就不會有藝人來了。

我稍微鬆了一口氣，同時也對期待已久的香織感到抱歉。

……啊，可是秋人先生應該會來吧。那應該就夠了。

畢竟他也是個很帥的演員。

我再次感到秋人先生的存在拯救了我，並離開了銀閣寺。

6

「我家在這邊。」

福爾摩斯先生再次幫我牽起腳踏車，離開參道之後，我們走到中央道路。

「好期待喔，不知道會是什麼樣的建築呢？」

我雀躍地跟在他的身後。

會不會很像寺院呢？

還是洋溢著町家的風味呢？

「就是那一戶。」我順著他手指的方向望過去，頓時語塞。

那棟建築乍看之下就像是座美術館。

那是一間質感厚重的石造洋房。石牆是灰色的，宛如明治時代的建築物。在橫濱或小樽之類的港都，似乎都能看見這種文化遺產。

該怎麼說呢，這根本一點都不日式啊。

「好、好驚人喔。」

光用驚人還不足以形容。雖然房子本身不大，卻充滿了魄力。真的就像一間小型的美術館。

「這裡本來是家祖父的伯父，也就是他師傅的房子。」

福爾摩斯先生推開黑色的鐵柵門。

「老闆的伯父就是他的師傅嗎？」

「是的，家祖父的伯父就是他的師傅。他不但是一位富商，更是一位優秀的藝術品鑑定師。或許應該說，正因為他具有鑑定的慧眼，事業才如此成功吧。這間房子就是他為了向客人展示收藏品而建造的。」

也就是說，這裡原本是『專門展示美術品』的房子啊。

難怪這間建築本身就像一間美術館。

「家祖父是在師傅正式宣布他為其繼承人並引退之後，才搬來這裡的。我記得那應該是家祖父剛滿四十歲後的事。」

「也就是說，師傅沒有把這間房子留給自己的小孩，而是留給了他的姪子，也就是老闆囉？」

「聽說師傅沒有小孩，因此宣稱要把這間房子留給在親戚和徒弟當中最有資格繼承他衣缽的人。當時家祖父在許多競爭對手當中拚命努力，希望能夠得到師傅的認可。」

「……原、原來如此。」

這間房子就像競爭的優勝者得到的桂冠啊——

圍繞在這座石造洋房四周的，是跟建築本身不太相稱的『日式庭園』。

「很混搭吧？家祖父說他喜歡日式庭園特有的寂寥感。在這座庭園的不同地方，可以享受不同季節的景色唷。」

「對啊。或許有點混搭，但看起來卻很協調，非常棒呢。」

眼前景象完全『兼容並蓄』。這麼說來，『藏』也有融合日式與西式的感覺，或許這就是家頭家的一大特徵。

「葵小姐，從這裡走。」

「啊，好的。」一回神，福爾摩斯先生已經幫我把腳踏車停在庭院一隅。

我們爬上石階，打開玄關的對開大門之後，出現在眼前的是一間挑高的大廳。

「打、打擾了。」

我緊張地踏入屋子裡。

大廳裡有立鐘，還有絢麗華美的吊燈。畫作、壺、雕刻等依序排列，真的就像美術館一樣。

「……呃，請問玄關在哪裡？難道這裡不用脫鞋嗎？」

「一樓可以穿著鞋子，二樓以上才需要換拖鞋。」

「咦？」

「基本上，一樓就是讓客人欣賞美術品的空間。」

「喔，原來如此。」

從某種角度看來，它真的就是一間美術館。

就在我感到理解，走進大廳的時候——

「——你回來啦，清貴。」

鄰接大廳的一扇房門敞開，一名穿著黑色絲質洋裝的美女走了出來。

她有一頭栗子色的捲髮，唇上擦著紅色的口紅，嘴角那顆痣十分魅惑。她雖然很瘦，但前凸後翹，身材極好。那合身的洋裝以及鮮紅色的高跟鞋，令人印象深刻。

她的頭髮充滿了光澤，真是一位無可挑剔的美女。

她的年齡……大概是將近三十歲，或是三十出頭吧？

——她、她是誰啊？難不成是福爾摩斯先生的女朋友？

「我回來了，好江小姐。看來妳都準備好了呢。」

「哎呀，清貴也得趕快準備才行唷。」

被稱為好江小姐的女性帶著責備的眼神說，雙手在胸前交叉。

她看起來不像他的女朋友。

就在我呆呆地看著他們對話的時候，她把視線移到我身上，露出和善的笑容。

「妳好，幸會，我是瀧山好江，請多多指教。」

「幸、幸會，我叫做真城葵。」

我不明就裡地自我介紹，並對她鞠了個躬。

「我聽誠司先生說店裡來了一個可愛的工讀生，很努力地工作。真是太好了呢，清貴。」她高興地瞇著眼睛說。

「是啊，太好了。」福爾摩斯先生也點點頭。

不知為何，我覺得有些難為情……不過，先不管這個，這個人到底是誰啊？

就在我感到一頭霧水的時候，那扇門再次開啟，而這次走出來的是老闆。

「小葵，今天謝謝妳來哩。」

平常總是穿著和服的老闆，今天竟然穿著燕尾服。

「老闆，生日快樂。這是埼玉的名酒，是我的一點心意。」我遞出包裝好的酒盒，老闆笑得五官皺成一團。

「謝謝妳哩，怎麼這麼客氣咧。」

「別這麼說。今天老闆穿西裝呢，我第一次看見耶。」

「很棒唄。不過我之後還會換上和服哩。」

「也就是說，你還會換裝再次進場嗎？」

「對啊。」

又不是結婚喜宴的新娘，竟然還要換裝再次進場，老闆真的不管做什麼都好浮誇喔。

這時，好江小姐一臉開心地走向老闆。

「穿著西裝的誠司先生也很帥氣呢。」她瞇著眼，一臉陶醉地說。

「不要這樣啦。」老闆露出得意的笑容。

——呃，這個人到底是誰啊？

就在我再次感到不解的時候，福爾摩斯先生察覺了我的困惑，在我耳邊悄聲說：

「……好江小姐是家祖父的女朋友。」

「女、女朋友？」我忍不住高聲說。

「妳嚇到了嗎？」

「是、是的。這對情侶的年紀差好多喔。」

「是啊，他們的年紀的確有差距……不過，她看起來雖然很年輕，但其實也已經超過四十歲了唷。」

「騙、騙人！」

「我都暱稱她為『魔女』。」

她看起來確實年輕得足以稱為魔女。

「她經營藝術品相關的活動顧問公司，也是我們的客戶。大約從十年前開始和家祖父交往。話雖如此，他們兩個都是個性強勢的人，所以一直分分合合，算是一段孽緣吧。」

「呃……分分合合的孽緣……」

我目瞪口呆地看著和老闆站在一起的好江小姐。

竟然有個這麼漂亮的女朋友——我好像明白老闆常保年輕的祕訣了。

「話說回來，老闆竟然還要換裝，他真是卯足了勁呢……」

「對啊。家祖父為了今天，還特地去橫濱找專業師傅訂做西裝和鞋子，帽子則是找神戶的師傅訂做，而和服是在宮下和服店訂做的唷。」

福爾摩斯先生繼續補充道，我忍不住瞪大了眼。

怎麼辦，沒想到這場慶生會竟然這麼正式。

好江小姐也穿著這麼漂亮的洋裝，我卻因為打算來幫忙擺設，所以穿得這麼隨便！

……可是，福爾摩斯先生也穿得很輕便啊。

「福爾摩斯先生今天就穿這樣嗎？」

「沒有，我等一下會去換衣服喔。」

「我、我可以回家換個衣服嗎？」
「不用了，妳這樣就很可愛了啊。」
「你又在說場面話了。」
「沒有沒有。」
這時，似乎在一旁聽見我們對話的好江小姐說：「沒關係。」同時朝我們走了過來。
「我帶了幾套洋裝來，可以借給小葵。來，我們去換衣服吧。」
「咦？」
「這邊唷。」
我還來不及搞清楚狀況，好江小姐就半強迫地牽起我的手，把我帶進後面的房間裡。

「——小葵，粉紅色、白色和水藍色，妳喜歡哪一個？」
一走進房裡，好江小姐就興高采烈地打開行李箱。
「啊，呃……水藍色？」滿心疑惑的我僵硬地說。
「哎呀，難得今天這種場合，就穿粉紅色吧。」
「我、我不是很喜歡粉紅色。」

「沒關係，這不是很濃的粉紅色，而是淡粉紅。」她拿出一件真的很接近白色的淡粉紅色洋裝給我看。款式雖然很簡單，但是非常可愛。

「好漂亮的洋裝喔。」我打從心底這麼說，好江小姐呵呵笑了起來。

「我猜想說不定能幫上小葵，所以特地挑了一些年輕女孩可能會喜歡的洋裝帶來呢。」

「咦，原來是這樣啊？謝謝妳。」

「不會。我一直很期待和小葵見面呢。再次請妳多多指教囉。」

真不愧是長年和家頭家往來的人，真是貼心。

「是，彼此彼此。」

「家頭家全是男人，而且妳不覺得他們很特異嗎？」

「呃，是啊。」

「我想，小葵妳和家頭家的男人們接觸，一定也有很多需要容忍的地方吧。妳可以儘管對我吐苦水沒關係喔。」

「容忍……？」我有容忍什麼嗎？店長因為稿子寫不出來而從店裡奪門而出的時候，我是有一點困惑啦，但並沒有到感到困擾的地步。

福爾摩斯先生雖然有時候很壞心眼，但他平常對我都非常好。

我稍微思考了一下，答道：「……沒有，我沒有什麼要容忍的地方耶。」

或者應該說，我和他們相處的時間還沒有長到需要容忍的程度吧。

「好江小姐又是在哪些地方需要容忍呢？」

「我啊，應該就是古董吧。」

「古董？」

「例如只要一談到古董就會滔滔不絕，或是一開始看古董就會忘記我的存在，又或者是心血來潮，就會突然飛到國外去看藝術品！」

她突然探出身子這麼說，把我嚇了一跳。

原來如此，站在『女朋友』的立場，可能真的很辛苦吧。

「誠司先生對於古董的熱情真的很異常。因為他實在太投入了，我甚至曾經想把古董砸壞呢。」

「想、想把古董砸壞？」

「我不是認真的啦。簡單來說，就是他對古董比對我還要專情，我覺得很不平衡啦。」

好江小姐哼了一聲，把雙手交叉在胸前。

從她的模樣，我可以感受到她真的很喜歡老闆，因此忍不住揚起了嘴角。

「不過，好江小姐就是喜歡熱愛古董的老闆不是嗎？」

「……是啊，一開始是這樣沒錯。我本來只是很尊敬身為鑑定師的他。不過更重要的是，我本來就『專攻大叔』唷。」

「專攻大叔？」

「啊，現在的年輕女生是不是都換別的講法了？我本來就比較喜歡上了點年紀的大叔啦。也就是說，誠司先生的外表也是我的菜，所以我完全被打中了。」

「原來是這樣啊！」

總覺得各種事情瞬間都變得合理了。

「可是誠司先生總是愛古董比愛我還多，而且他是一個很重視自由的人，所以我很難抓住他。我好幾次下定決心離開他，另覓新對象，可是一旦真的離開他，和別人約會之後，卻又更強烈地感受到誠司先生的好！家頭家的男人在各方面都很突出對吧？」

「……的確很突出。」我對這一點非常認同。

「就是這樣啊！不管是缺點或是優點都很突出，真的很討厭。」

「這我也可以理解。」

我自己也有點受不了福爾摩斯先生奇怪的地方，卻又為此深深著迷。

「哎呀，能和小葵聊天真是太好了！這些話就算我對朋友講，她們也完全無法體會。」

這倒是真的。如果不是認識家頭家的人，應該很難理解吧。

「以後就請妳多多指教了。也要拜託妳讓我發發牢騷囉。」

好江小姐開心地說，我忍不住笑了出來。

「好的，也請妳多多指教。」

我本來還以為她是個難以接近的性感美女呢，太好了，她似乎人很好。

我滿心歡喜地和她握了握手。

「好，那我們來換衣服吧。」

雖然好江小姐興致勃勃的態度令我有點困惑，但在她的堅持之下，我換上了那套淡粉紅色的洋裝。好江小姐還幫我把頭髮盤起來，並稱讚我：

「哇，小葵，妳的後頸好漂亮喔。這可是一大武器唷！」

她甚至還幫我化妝。

「妳看妳看，光是把睫毛刷翹，感覺就差這麼多。我們再擦一點淡淡的口紅吧。」

全部打扮完之後，好江小姐感嘆地拍了一下手，說：

「這樣超可愛的！」

我有點害臊，鏡子裡的自己，看起來真的就像別人一樣。

「啊——果然還是女孩子比較好。我兒子雖然也很可愛，但我其實比較想要女兒啊。」

聽見好江小姐感慨地這麼說，我驚訝地回過頭：

「咦?好江小姐有小孩喔?」

「是啊，我離過一次婚，有一個念高一的兒子，現在在國外留學。」

「高、高一?」

比我小一歲。沒想到她竟然有這麼大的兒子，實在太令人驚訝了!

啊，不過，如果她已經四十幾歲的話，這其實也不是什麼稀奇的事。

只是因為她的外表看起來太年輕了。

「我兒子、誠司先生、武史先生，再加上清貴，我的周圍全是男性。所以能和小葵變成好朋友，我好高興喔。」

露出燦爛笑容的好江小姐，真的很漂亮。

「好、好江小姐看起來真的很年輕耶。完全想像不到妳竟然有已經上高中的孩子。」

我打從心底這麼說，她高興地笑了笑。

「誠司先生非常喜歡美麗的事物，所以我很努力唷。不過這並不是為了他，而是為了我自己。」

她的這句話在我的心中迴盪著。

能夠為了自己喜歡的人這麼努力，我覺得好棒。

但是，能夠堅定說出『是為了自己』這句話，我覺得也很棒。

「順帶一提，我和誠司先生都是非常愛自己的人唷。」

聽見她最後補充的話，我沒有說出口，而是在心裡喃喃自語：『我感覺得出來。』

7

我換好衣服、從房裡走出來之後，已經有賓客抵達，大廳變得非常熱鬧。

首先映入眼簾的，就是上田先生和美惠子小姐這兩個熟面孔，另外還有秋人先生。

「——我的舞台劇上個星期就結束公演，大後天就要回東京了。在那之前能參加老闆的慶生會，真是太好了。」

秋人先生這麼說。他身上穿著適合宴會的合身正式西裝，雖然還是油腔滑調的老樣子，但看起來真的很帥。

太好了，他果然來了。

這樣一來，香織應該就能心滿意足了。

我鬆了一口氣，同時望向遠處的賓客。

秋人先生的身旁，有個穿著西裝的中年男子。他戴著淺色太陽眼鏡，下巴蓄著修剪整齊的鬍鬚，看起來就像『業界人士』。

「哎呀，是製作人清水先生呢。」好江小姐大聲說。

果然是業界人士！——我一邊這麼想，一邊抬起頭來。

「他該不會是『家寶探訪』這個節目的製作人吧？」

「沒錯，就是他。誠司先生當時確實受到他很多照顧，但我以為他們早就疏遠了……」

好江小姐有些意外的口吻，讓我留下深刻的印象。

兩年前發生那起事件之後，他們應該就沒有聯絡了吧。

那位製作人的身旁，則有兩名看起來很眼熟的人。

「啊，那兩個人該不會是搞笑藝人『正宗』吧？」

聽見好江小姐這麼說，我才恍然大悟。

「沒錯，他們就是『正宗』。」

與其說他們是搞笑藝人，倒不如說他們是默劇表演者。這個二人組合甚至曾出國表演，因為他們的名字分別是『正孝』和『宗義』，所以團體名稱叫做『正宗』。

「老闆和『正宗』也很熟嗎？」

「我不知道耶……我想他們應該是第一次見面。也許是清水先生帶他們來的吧。我去向他們打個招呼唷。」

好江小姐走向正在和客人開心談笑的老闆身邊。

這時，我發現秋人先生一見到漂亮的好江小姐，就立刻露出充滿興趣的表情。

她一定是他的菜吧。要是秋人先生知道她已經四十多歲，而且是老闆的女朋友，一定會大吃一驚。就在我暗自竊笑的時候——

「什麼事那麼好笑呢？」福爾摩斯先生的聲音突然從旁邊傳來。

「啊，沒有，秋人先生他……」

就在我轉過去的瞬間，福爾摩斯先生身穿正式禮服的模樣，讓我心頭猛然一震。

他亮麗的黑髮、端正的五官以及略顯白皙的肌膚，跟帶有光澤感的黑色禮服相得益彰；再加上其優雅的舉止和溫和的微笑——

我想，明治、大正時代的貴族子嗣，大概就是這種感覺吧。

怎麼辦，福爾摩斯先生好帥喔！

我對心跳不已的自己感到不甘心。

「……嚇我一跳。妳的妝髮是好江小姐幫妳打理的嗎？」

福爾摩斯先生露出真的很驚訝的眼神。

「嗯，是的。她不但借我洋裝，連妝髮都替我打理了。很、很奇怪嗎？」

我不安地輕輕抬起頭。

「……很漂亮哩。很適合妳。」

聽他這麼說，我的心像是被貫穿一樣。

在這種時候說京都腔，實在是太犯規了。

就在這段時間裡，許多賓客陸續來到，福爾摩斯先生立刻前去招呼客人。

我勉強稱得上認識的，只有老闆的鑑定師朋友柳原老師，以及之前在京都大倉旅館見過的花道老師花村。

另外有幾位據說是老闆堂兄弟的人也來了。

（這些人不就是老闆以前的競爭對手嗎？）

「葵！」

聽見一道熟悉的聲音，我轉過頭去，看見香織和她的父母也來了。不愧是經營和服店的一家人，每個人都穿著和服。

「啊，香織。」

「結果我們全家人都被邀請了。我姊姊因為接受電視台採訪，所以沒辦法來。」

「嗯，我聽說老闆的和服是在宮下和服店訂做的時候，就猜到可能是這樣了。香織的和服好漂亮喔。」

她穿著有紅葉圖案的橘色和服。真不愧是和服店的女兒，打扮得非常漂亮。

「謝謝。葵也很漂亮哩。欸，我剛才嚇了一跳，那個帥哥是演員嗎？而且連『正宗』也來了呢。」

香織興奮地抓著我的手，看著秋人先生。我不由得揚起嘴角，她果然喜歡趕流行呢。

就在這時，店長出現了。他在一扇掛著『展示廳』牌子的門前停下腳步，對大家鞠躬。

「——非常感謝各位今天撥冗蒞臨家父的生日宴會。」

可能是因為緊張的關係吧，店長的聲音有點高亢。他再次鞠躬，大家便安靜下來，轉向店長。

「這、這間房子，原本是家父的師傅，也就是鑑定師商人家頭藏之助的私人美術館，之後便由家父繼承。這間名叫『展示廳』的房裡，展示著家頭家最自豪的收藏品，請、請各位在用餐之前務必前往欣賞。」

店長彆扭地這麼說，接著打開了『展示廳』對開的大門。

賓客們發出『哇』的一聲，眼睛閃閃發亮，魚貫走向展示廳。

「是老闆的收藏品耶。葵，我們也趕快去吧。」

香織看起來相當興奮，我點點頭，和她一起走進展示廳。

我才剛踏入其中一步，就不禁瞠目結舌。

就算說這裡是一間『小型美術館』也不為過。

文藝復興風格的接待大廳裡，裝飾著各式各樣的藝術品。

牆上掛滿了畫作、掛軸；以相等間隔擺放的圓桌上，擺放著壺、花瓶以及瓷盤。

「哇，每一件作品都好棒喔。」

「真不愧是誠司先生的收藏呢。」

賓客們個個看得如癡如醉。

「還請各位千萬不要任意觸摸。」店長緊張地提醒大家。

福爾摩斯先生則站在展示廳最裡面的桌前，向賓客們解說擺在桌上的壺。那是一個翡翠色、釣鐘狀的壺。

「這是中國的『青瓷』，是家祖父最珍貴的古董之一。

中國的青瓷是一種被譽為『神品』的瓷器，它具有簡樸而崇高的美以及高雅的氣質，具體展現出民族的獨特美感。目前世界上被認定是真品的青瓷只有幾十件，而這一件是家祖父的師傅藏之助在中國找到的。希望今天能夠藉由這個機會，讓各位嘉賓好好欣賞此價值極高的逸品。」

福爾摩斯先生面帶微笑地解說。

「這種東西竟然會出現在一般人家（？）裡！」——我在感佩之餘，也難掩驚訝。

福爾摩斯先生大致介紹完展示品之後，就在店長的耳邊悄悄說：

「爸，我去看一下宴會廳準備得怎麼樣了。」便離開了『展示廳』。

這場展示會，想必是為了爭取準備餐點的時間吧。

我目送福爾摩斯先生的背影離開展示廳後，秋人先生滿臉笑容地走向我們。

「哇，小葵，妳今天打扮得好成熟，好漂亮喔。」

「秋人先生，謝謝你。」

在秋人先生身旁的，是默劇表演藝人『正宗』二人組。

「好棒，是明星哩。」

香織小聲地說，雙眼閃閃發亮，看起來很開心。

「秋人先生，這是我朋友宮下香織。她是宮下和服店的千金。」

我立刻介紹香織給他認識。

「喔，原來如此。難怪妳的和服穿得這麼漂亮。能夠認識把和服穿得這麼美的高中女孩，我好開心喔。」

秋人先生牽起香織的手，露出他的招牌帥氣笑容。

「過、過獎了。」

香織滿臉通紅地低下了頭。

秋人先生依然一如往常地輕佻，不過只要香織開心就好。

就在這時，店長快步走向我。

「啊，葵小姐。不好意思，我要離開一下。等我從宴會廳請大家過來的時候，麻煩妳一定要把這間房間的門鎖起來之後再離開，可以嗎？」他這麼說，同時將一把充滿古董風味的鑰匙遞給我。

「——啊，好的，我知道了。」

我一接過鑰匙，店長就慌慌張張地離開了『展示廳』。

到底發生什麼事了呢？

他的臉色有點蒼白，也許就像他之前所說，緊張到肚子開始疼痛也說不定。

話說回來，把房間鎖好這個任務，責任還真是重大呢……因為房裡擺滿了不得了的藝術品不是嗎？

我拿著鑰匙，覺得有點慌張。就在這個時候，『正宗』的其中一個人——正孝先生突然『哇』的一聲高聲大叫，抬頭看著天花板。

「——我現在才發現，這盞吊燈好漂亮喔。」

聽他這麼一說，我們也抬起頭望向吊燈。

那盞吊燈的造型彷彿會出現在宮殿宴會廳裡，許多水晶串在一起，散發著光芒。

「真的哩，好有文藝復興的風味喔。」

「嗯，這盞吊燈一定也很貴吧。」

「好酷喔。」

就在大家抬頭看著天花板，紛紛感嘆的時候——

「宴會廳已經準備好了，請各位貴賓移駕。」

門外傳來店長的聲音。

「宴會就要開始了呢。真是令人期待。」

賓客們面帶微笑地陸續步出展示廳。

我也和賓客們一起往門口走去，並在門前停下腳步。

等香織、秋人先生和正宗二人組也離開展示廳之後，我確認展示廳裡空無一人，便將門確實鎖上。

我試著轉動門把，確認門已經牢牢鎖上之後，便點點頭，走向宴會廳。

當時的我壓根也沒想到——接下來竟會發生一起驚人的事件。

8

走進宴會廳，只見裡面擺滿了自助式的餐點。

穿著白衣的服務人員在一旁待命，蓋著白色桌巾的長桌上，擺著日本料理、西式料理以及中華料理，簡直就像飯店裡的自助餐。

「哇，看起來好好吃喔。」

「我要大快朵頤了。福爾摩斯，我可以開動了嗎？」

面對雙眼發亮的我們，福爾摩斯先生揚起微笑。

「接下來是家祖父漫長的致詞，之後還會一起舉杯，等這些都結束後，各位就可以盡情享用了。」

『漫長的致詞』……我們忍不住面面相覷。

「原來餐點是採取自助式的啊。你之前說拜託有交情的料亭準備，我還以為是更特別的方式呢。」

我環視著宴會廳這麼說。福爾摩斯先生點點頭。

「是啊，因為我覺得宴會還是用這種方式最適合。話說回來，我剛才嚇了一跳呢。」

「咦？」

「我準備好餐點後，正準備去展示廳請客人過來時，大家就突然進來了。」

「呃，可是，剛才店長說『準備好了』啊。」

「這樣啊，家父他……？」

福爾摩斯露出疑惑的表情。就在這個時候，老闆站在宴會廳的中央，清了清喉嚨。賓客們立刻安靜下來，注視著老闆。

「今天非常感謝各位前來參加我的喜壽慶生會。」

他開始致詞。

福爾摩斯先生說得沒錯，老闆的致詞——真的很漫長。

他提到自己是如何費盡苦心成為家頭家的繼承人。

又說到他是如何深愛著藝術品。

接著又娓娓道出他第一次邂逅志野茶杯時受到多麼大的衝擊……

「到現在我也虛歲七十七了，我能走到今天，全都要歸功於一直以來支持我的家人和朋友們，我衷心地感謝大家。乾杯！」

一聽見『乾杯』，在場的每個人都鬆了一口氣，同時一同舉杯高喊：「乾杯！」

「——哎呀，老師還是一樣充滿活力呢。其實我一直都很希望老師能再次上電視哩。」

製作人的聲音傳入了耳裡。

「清水先生，我的確受你很多照顧，也給你添了很多麻煩，不過我再也不會上電視哩。」

老闆語帶惱怒地說。

「請不要這麼說嘛。我們正準備重製『家寶探訪』這個節目呢。」

「今天是個值得慶賀的日子，我不會破口大罵。不過請不要提工作的事哩。」

我遠遠看著他們的對話，心想：「原來如此啊。」

電視台的製作人果然不是單純抱著祝賀的心情來到這裡的。

在商言商的世界真是累人。

「欸，正宗，你們教我一下默劇嘛。」

就在這個時候，我聽見秋人先生天真的聲音從宴會廳的一隅傳來，不知為何頓時覺得好放鬆。

秋人先生果然是療癒系的。

「好啊。最簡單的就是牆壁了。」

正宗的其中一人——正孝先生用手在空氣中移動，看起來彷彿四周有牆壁似的。

「哎唷，這麼簡單的我也會啊。」

秋人先生也立刻做出一樣的動作，但是看起來一點都不像牆壁。

不過香織卻說：「秋人先生也做得好棒哩！」

我想，可能是香織啟動了帥哥雷達，所以評分也變得比較寬鬆吧。

「再來就是讓很輕的東西看起來很重吧。」

宗義先生從上衣暗袋裡取出一個氣球，迅速地吹起來。

接著他把氣球拋給正孝先生，而正孝先生一接到氣球，就像接到保齡球似地，肩膀立刻往下垂。

他的手臂顫抖，表情痛苦，看起來好似真的拿著一個很重的東西。

真不愧是能在外國表演的專業人士。

「啊，秋人先生，請你接住。」

就在他用力將氣球拋給秋人先生的瞬間——

「哇！」秋人先生一屁股跌坐在地。

因為他們兩人的演技實在太逼真了，所以秋人先生也做出宛如接到保齡球般的反應。看見他誇張的演出，我們忍不住哈哈大笑。就在這個時候——

『喀啷』一聲，遠處傳來似乎有什麼東西破掉的聲響。

「……欸，剛才宴會廳外面是不是有東西破掉的聲音啊？」

「有、有。而且是從『展示廳』的方向傳來的。」

從展示廳傳來東西碎裂的聲音——

也就是說，展示廳裡有一個藝術品破掉了嗎？

現場的氣氛瞬間凍結。

不過，那個聲音只有在宴會廳大門附近的我們聽見，其他的賓客依然開心地談笑。

「啊，小葵，鑰匙還在妳手上對吧？要不要去看一下？」

秋人先生小聲說。我點點頭，默默地離開了宴會廳。

前往『展示廳』的成員，有我、秋人先生、香織，以及『正宗』二人組，總共五人。

「那、那我開門囉。」

「好、好的。」

我在心裡祈禱一切都只是自己的錯覺，即使如此，我還是有一種不祥的預感。我緊張地打開門鎖，緩緩推開了門。

就在我環視房間，沒有發現任何異狀，正準備鬆一口氣的時候——

「啊，葵，那個！」

我順著香織手指的方向看過去，頓時為之愕然。

老闆的寶物，據說全世界只有數十件的中國青瓷，就在桌上——悽慘地粉碎了。

「——！」

在這突如其來的衝擊下，我們全都說不出話。

窗戶全都關著，房門也鎖著。這間房裡沒有任何人。

然而，老闆的寶物……不，這個世界的瑰寶，卻突然破掉了。

……不敢置信。

「啊，小葵，妳離開這裡的時候，真的有確實上鎖嗎？」

秋人先生一臉慘白地問我，我頓時激動了起來。

「我、我有鎖。真的，我確實鎖好了。」

因為我知道這個責任很重大，所以還再三確認過。這一點我有自信。

「可、可是，為什麼它會自己破掉呢？」

面對這個難以置信的情況，香織的眼睛瞪得老大。

「而且破掉的只有這當中最昂貴的中國青瓷。」

「對啊，簡直有如被槍擊中，只有這一個破掉……」

「對啊。」正宗二人組也附和道。

「這應該是有人蓄意破壞的吧。」

就在這時，不知道什麼時候出現在我們身後的製作人清水先生突然這麼說。

我驚訝地回過頭，看著清水先生。

「蓄意……難道是有人故意這麼做的嗎？」

「應該就是吧。」

就在我們議論紛紛的時候，好江小姐也出現了。

「——小葵，怎麼了嗎？」

「好、好江小姐……它……」我指著粉碎的青瓷說。

「！」好江小姐睜大了雙眼，用手摀住嘴巴。

「——是、是誰打破的？這可不得了呢！」

好江小姐臉色鐵青地環顧四周。

「沒、沒有人打破。我們在宴會廳裡聽見東西破掉的聲音。門是上鎖的。」

「那、那窗戶呢？大家去確認一下窗戶是不是鎖著的！」

好江小姐全身顫抖，有點歇斯底里地高聲喊道。

「是、是的。」

我們分頭去檢查窗戶。

「每扇窗戶都是鎖著的，也沒有破掉。」

「而且這裡雖然是一樓，但是高出地面很多，除非用梯子，否則根本不可能潛進這裡吧。」正宗二人組大聲說。

聽見這番話，好江小姐用手扶著額頭，說：「怎、怎麼辦！」

「總、總之，我去請老闆過來。」

就在我轉身準備離開房間的時候，好江小姐趕忙抓住我的手。

「不、不行啦，小葵！這件事真的非同小可！」

清水先生輕輕地笑了起來。

「這應該就是犯人的目的吧。」

「什麼？」

「老師在有賓客造訪的時候，一定會自豪地介紹這個青瓷。說不定會場中有人對老師懷恨在心，所以計劃把他最珍貴的青瓷打破呢？也就是說，這不是密室殺人事件，而是『密室古董破壞事件』唷。」

清水先生帶著半開玩笑的口吻這麼說，揚起一抹奸笑。

密室古董破壞事件——我們就像是凍結了一樣，佇立在粉碎的青瓷前。

9

——有人因為對老闆懷恨在心，所以破壞了他最珍貴的寶物，也就是中國青瓷。

這實在令人難以置信。

但是，這件難以置信的事，卻實際發生在我們的眼前。

密室裡的青瓷突然應聲碎裂。

到底是誰、用什麼方法辦到的呢？

我試圖同時思考這兩個問題，卻只感到一陣混亂。

……先思考看看會是誰做的好了。

對老闆懷恨在心的人。

剛才被老闆嚴正拒絕的製作人清水先生。

和他同為鑑定師的柳原老師，會不會其實也對他懷恨在心？

花道的花村老師和正宗二人組……應該跟老闆沒有什麼過節。

秋人先生……我看了他一眼，只見他臉色蒼白，全身顫抖。

「秋人先生，你怎麼了？」

「啊，小葵，怎麼辦，說不定是我打破的。」

秋人先生小聲地說。

「咦？什麼？你是怎麼打破的？」

「我跌坐在地之後沒多久，不是就聽見了瓷器破掉的聲音嗎？搞不好是因為我跌倒時產生的振動……」

「…………」

我看著滿臉驚恐、眼眶泛淚的他，傻眼得說不出話。

我和香織忍不住對望了一眼。

當療癒系療癒過頭的時候，也許會有點惱人吧。

「……只不過是跌坐在地上，壺不會因此破掉的。」

我有點傻眼地這麼說，秋人先生立刻笑逐顏開，露出得救似的表情。

嗯，絕對不會是秋人先生。

而且秋人先生對老闆既沒有仰慕之情，也沒有憎恨之意。

說到懷恨在心，老闆以前的競爭對手，也就是他的堂兄弟們，倒是很有可能。

就在我皺著眉喃喃自語時，眼角餘光忽然看見臉上露出沉痛表情的好江小姐。

那一瞬間，我的腦海中突然掠過她曾說過的那段話：『誠司先生對於古董的熱情真的很異常。因為他實在太投入了，我甚至曾經想把古董砸壞呢。』

該不會……假如不是對老闆本人懷恨在心，而是對老闆最重視的古董懷恨在心，那麼好江小姐也可能是犯人。

不，假如好江小姐有嫌疑，那麼店長也有啊。

對老闆抱持複雜情感的店長，說不定才是真正痛恨老闆的寶物的人（而且現在回想起來，當時他的態度確實有點奇怪）。

不過，好江小姐和店長怎麼可能做出這種事嘛。

不管有多討厭老闆的古董，也不可能打破那個世界級的珍貴古董啊。

可是假如犯人是好江小姐或店長的話，那麼他們就算持有備份鑰匙也不奇怪……啊，算了！不管再怎麼思考也沒有結論，而且我討厭自己像這樣懷疑身邊的人！

——就在這個時候。

「發生什麼事了嗎？」

福爾摩斯先生的聲音在展示廳裡響起。

「福爾摩斯先生！」

一看見他，我頓時覺得自己得救了。

跟在福爾摩斯先生身後出現的，是已經換上和服的老闆。大家全都僵住了。

「怎麼哩？你們的表情好像參加了喪禮一樣。」

就在他們兩人踏進展示廳的瞬間，好江小姐忽然「哇啊啊啊」地放聲大哭，一把抱住老闆。

「誠司先生，對不起！那個青瓷破掉了！都是我害的！」

聽見好江小姐悲痛地高聲這麼說，眾人疑惑地發出：「咦咦？」的聲音，睜大了眼睛。

真、真的是好江小姐做的嗎？

「其實我一直很討厭你最寶貝的那個青瓷！甚至希望它破掉算了！所以今天才會發生這種事，真的很對不起！」好江小姐哭著說。

「……妳到底在說什麼哩？」

老闆滿臉不解地皺著眉說，同時把視線移向展示廳後方。一看見桌上粉碎的青瓷，他也張大了雙眼。

「真的很對不起。」

「不、不，並不是好江小姐的錯。其實剛才在宴會廳——」

「不，其實是因為我一屁股跌在地上——」

我們爭先恐後地試圖說明整件事情的來龍去脈，沒想到老闆竟然『哼』的一聲笑了出來。

「——那不是青瓷。」

聽見老闆斬釘截鐵地這麼說，我們全都停下了動作。

「咦？」

「碎片的形狀、顏色和光澤都完全不一樣。那是贗品哩。」

「什、什麼？」

「這是怎麼一回事？」

我們一臉茫然地問道。

「我不知道發生了什麼事！你們問清貴吧！」

老闆挺起胸膛，望向福爾摩斯先生。

「……能把事情全部推給別人到這種地步，反而令人覺得暢快呢。」

福爾摩斯先生聳聳肩，接著走向桌子。

在一片鴉雀無聲中，只有福爾摩斯先生的腳步聲在展示廳響起。

現場的氣氛非常緊張，大家都屏氣凝神。

「——根據各位剛才的說明進行推理，我認為這場騷動並不是『有人潛進密室裡』，而是『在展示廳開放的時候，真品就已經被調包成破掉的贗品了』。」

聽見這番話，我們全都皺起眉，面面相覷。

「騙、騙人。有那麼多人在場，怎麼可能會發生這種事？」

「對、對吧？」

「我想犯人大概是先把大家的注意力從青瓷轉移到其他地方，再進行調包的。而真正的青瓷，應該在這裡吧。」

福爾摩斯先生這麼說，接著掀開鋪在桌上的白色桌巾。青瓷完好無缺地被放在桌子底下。

「青、青瓷！沒有破！」

「我想犯人應該是把賓客的視線引導至天花板的吊燈，或是對面牆上的畫作上，再趁機調包吧。

接著，犯人立刻離開展示廳，假裝家父的聲音，引導賓客前往宴會廳。在離開這間展示廳的時候，犯人應該是用自己的身體擋住大家的視線，不讓人看見已經破掉的青瓷吧？而瓷器破掉的聲音，應該是事先錄製好的音效。並抓準某個時機播放。」

聽見福爾摩斯先生的說明，我們露出困惑的表情。

他的說法的確有可能，可是誰做得到呢……

「這件事情，只有能巧妙引導人們的視線和行動的人才做得到。而有能力做到這點的，就只有世界聞名的默劇表演者『正宗』了。」

福爾摩斯先生露出微笑，大家詫異地瞪大了眼，把視線轉向正宗二人組。

他們兩人面無表情地看著福爾摩斯先生。

——這麼說來。

當時正宗的正孝先生曾說：『好漂亮的吊燈』，把我們的視線誘導至天花板。

就在這時候，宗義先生動手調包，然後離開展示廳，模仿店長的聲音，請大家移動到宴會廳。

緊接著，宗義先生立刻回到正孝先生身邊，假裝他一直都在。

當我們離開展示廳的時候，為了避免大家看見破掉的青瓷，所以他們兩人並肩擋住大家的視線。

……雖然不是很確定，但我記得他們是最後離開的。

面對福爾摩斯先生的推理，正宗二人組既沒有反駁，也沒有辯解。清水先生驚訝地張大眼睛。

「咦，真的是你們幹的嗎？你們為什麼要開這種惡劣的玩笑？」

清水先生探出身子詢問，他們兩人露出邪惡的笑容。

「……他們該不會和魔術師ＤＯＮ・影山先生有什麼關係吧？」

福爾摩斯先生這麼說，但清水先生搖搖頭。

「不，他們和影山先生的經紀公司不一樣，也不是師徒關係。」

正宗二人組的表情有些嘲諷。

「影山先生……救了我們。」

影山先生救了他們？

「嗯，我們兩個人無依無靠，從小在孤兒院長大，而影山先生總是定期來孤兒院當志工，表演魔術給我們看。」

「他還教我們魔術……我們一直很仰慕影山先生，希望有一天能夠成為像他一樣的人。他是帶給我們夢想和希望的恩人。」

聽見這番話，在場的所有人都露出了驚訝的表情，唯獨福爾摩斯先生依然相當鎮定。從他的表情，我看不出來他在想些什麼。

「所以，你們才想對把你們恩人的寶物鑑定為贗品的家頭老師報一箭之仇嗎？」

清水先生更往前探出身子問道。福爾摩斯先生輕輕點頭。

「差不多就是這樣吧。雖然當時的節目沒有播出，但是影山先生遭到羞辱的事實也不會改變，而且我聽說影山先生當時受到非常大的打擊。」

聽見這番話，正宗二人組臉上浮現了苦笑。

「錄影當時，我們就在觀眾席上。我們怎麼也忘不了影山先生大受打擊的表情，更重要的是，我們想確認一下家頭誠司是不是真的能看出什麼是『真品』。」

「對啊，我們一直在想，所謂的鑑定師到底有多少能耐？我們本來的計畫是，假如家頭誠司看見自己的寶物破掉了，表現得驚慌失措，我們就要嘲笑他，告訴他這是贗品。沒想到失敗了。」

正宗二人組不甘心地咂嘴。

「很抱歉，瞧不起人也該有個限度吧。在我們的眼裡，那簡直就像是把白色的東西掉包成黑色的東西，一眼就能看出差別了唷。」

福爾摩斯先生有點傻眼地這麼說，同時露出冷漠的眼神。

「……你說什麼！」

正孝先生惡狠狠地往前探出身子。

一觸即發的情勢讓大家僵立在原地不敢動。

福爾摩斯先生鮮少用這種措辭說話。

他雖然看起來很鎮定，可是對於在老闆的慶生會上鬧出這種事件的他們，一定非常憤怒吧。

「住手，正孝。」

這時，宗義立刻舉起手制止了正孝先生。

「……你叫家頭清貴對吧？如果你們這些『鑑定師』的眼睛真的這麼厲害，那你願意和我一決勝負嗎？」

宗義先生這麼說，同時從衣服暗袋裡取出一副撲克牌，放在中央的桌上。

「……用撲克牌嗎？」

「是啊，我們用梭哈來一決勝負如何？」他帶著挑釁的眼神說。

「……好啊。」福爾摩斯先生在桌旁的椅子坐下。

「清貴先生，要是你輸了，你就要跪在地上向我們磕頭，為你祖父讓我們的恩人蒙羞這件事道歉。」

老闆只是誠實地把一個贗品鑑定為贗品而已，為什麼非得道歉不可呢？

聽見這個無理至極的要求，我不禁瞠目結舌。

即使如此，福爾摩斯先生依然揚起嘴角，說：「我明白了。」引起一陣譁然。

「哼，你看起來倒是挺胸有成竹的嘛。宗義的牌技可是世界一流的喔。」

正孝先生這麼說，同時把手搭在宗義先生的肩膀上。

宗義先生點點頭，接著把撲克牌攤開成扇形，讓大家看見牌面，接著又立刻把牌收好，開始洗牌。

真不愧是世界級的表演者，他洗牌的動作非常俐落。

他發給雙方各五張牌。

宗義先生翻開自己的牌，露出如炬的目光，讓現場的氣氛再次變得緊張。

福爾摩斯先生連碰都沒有碰到牌，就聳肩說：

「啊，不行啦。我輸了。」

看見福爾摩斯連牌都沒掀開就直接舉手認輸，每個人都驚訝不已。

「福爾摩斯，你先看看牌再說嘛。而且梭哈是可以換牌的啊。」

「對呀，福爾摩斯先生，你沒有必要對這種人磕頭道歉。」

看見我和秋人先生這麼激動，福爾摩斯先生無可奈何地苦笑。

「宗義先生手上的牌是一對ＡＣＥ和三條Ｋ的葫蘆，但很遺憾，我的牌卻是散牌。就算換牌，頂多也只能換到兩對吧。所以我是不可能贏過他的。」

儘管福爾摩斯先生語帶遺憾地這麼說，臉上卻掛著微笑。宗義先生瞪大了雙眼。

「你、你怎麼知道……」

「你一開始不是把撲克牌攤成扇形給我們看嗎？那副牌是按照順序排列的對吧？在你經過長期鍛鍊的洗牌技巧下，乍看之下你彷彿在切牌，但其實牌的順序還是一樣的。你把黑桃放在最上面，再從第二張開始發牌對吧？另外，為了預防萬一，你們還準備了備案——剛才正孝先生把手放在你肩上的時候，就把一張牌從你的領口滑至你的袖口，我就像看了一場精彩的表演呢。在這種狀況下，我怎麼可能贏你呢？然而……這並不是一場公平的比賽吧。」

福爾摩斯先生笑著說，在場的每一個人都說不出話來。

展示廳裡瀰漫著一片寂靜。

福爾摩斯先生輕輕地站了起來。

「你、你到底是什麼人?」正孝先生尖聲問道。

「我只是一個實習鑑定師而已。不過,下面這件事我希望您可以記住。」

「什、什麼啦?」

可以感覺到在場的大家都和正宗二人組一樣,不由得屏氣凝神。

福爾摩斯先生揚起一抹微笑,接著立刻露出銳利的眼神。

「——不准小看鑑定師哩。」

「!」他的魄力讓正宗二人組彷彿凍結了一般,僵在原地動也不動。

現場再次鴉雀無聲。

「……夠了,清貴。」

就在這個時候,老闆把手搭在福爾摩斯先生的肩膀上,同時把視線轉向正宗二人組。

「很抱歉,我讓影山先生在大庭廣眾之下蒙羞了。」

看見老闆深深鞠躬,正宗二人組驚訝地睜大眼睛。

「……我所說的話深深地傷害了影山先生,我由衷地向他道歉。影山先生帶來的物品,是一件非常精巧的贗品。也許在不同人的眼中,可以感覺到它具有不同的價值。可是贗品就是贗品，無論如何，我都沒有辦法說它是真品哩。因為當我們鑑定師這麼說的時候，大家就會認為那是真品，有關它的一切認知就會產生謬誤哩。

鑑定師的錯誤，是連歷史都能扭曲的，所以我們背負著非常非常重大的責任哩。因此，無論對方塞了多少錢給我、無論對方怎麼拜託我、無論我自己覺得多麼歉疚，不管在任何情況下，我都沒有辦法把一個贗品說成真品哩。這就是我心目中『鑑定師的哲學』。」

聽見老闆語氣強硬地這麼說，我的胸口突然湧上一陣溫熱的感覺。

我相信在場的每個人，一定也和我一樣。

——鑑定師的哲學。

「……對不起。」

過了半晌，正宗二人組小聲地這麼說，同時對老闆鞠躬道歉。

「其實我們一直以為你是因為不喜歡影山先生，所以才隨便亂講的。」

「而且，我們一直都只考慮到自己，認為那就算真的是贗品，你也應該顧慮現場的狀況，說那是真品……我們的想法真的太淺薄了。」

……他說得沒錯啊，我們太小看鑑定師了。」

看著他們兩人露出沉痛的表情垂下視線，福爾摩斯先生柔和地微笑。

「你們能理解就好。」

「好啦，這件事就到此結束哩。餐點和酒都還有很多哩，我們再乾杯一次吧！」聽見老闆這麼大聲說，大家都呵呵笑了起來。

就在這時，店長出現了。

「有新客人來到宴會廳了，一直在找主角呢。這裡發生什麼事了嗎？」他滿臉困惑地看著我們。

緊接著，他臉色蒼白地大喊：「啊，青瓷破掉了！」

「那是贗品，是『正宗』帶來的餘興節目哩。」

「餘興節目？」

「對啊，餘興節目。又有客人來了嗎，真是太感謝哩。宴會重新開始啦，大家一起到會場去吧。」

老闆語畢，便活力十足地走了出去，大家也面帶笑容地跟在他身後。

「福爾摩斯先生真的好可怕哩。」

我身旁的香織環抱著自己的身體這麼說。

「對啊，我也有點背脊發涼了。」

秋人先生也點頭附和。

「……」我不發一語，垂下視線。

當時福爾摩斯先生的魄力的確很驚人，他們兩人會這麼說也是無可厚非。

——可是，我——

「葵小姐，這間房間的鑰匙在妳手上嗎？」

看見福爾摩斯先生走向我們，香織和秋人先生突然顫了一下。

「啊，是的。對不起，我一直拿著它。」

我趕緊把鑰匙遞給他。福爾摩斯先生搖搖頭說：

「不會不會，謝謝妳幫我們保管。」

我們再次確認賓客都已經離開展示廳後，便確實地將門鎖了起來。

「……剛才讓你們看見那種情況，真是不好意思。我忍不住動怒了。」

福爾摩斯先生在走向宴會廳的時候，小聲地對我這麼說。

「不會，別這麼說。」我一抬起頭，卻看見福爾摩斯先生臉上帶著落寞的表情，讓我嚇了一跳。

「葵小姐是不是也覺得我很可怕呢？」他帶著一絲不安的神情對我問道。

「咦？」

「以前我也曾在眾人面前做過類似的事，結果許多人都因為害怕而露出怪異的表情呢。」

福爾摩斯先生帶著自嘲的語氣說，我不由得心頭一揪。

福爾摩斯先生比一般人還要敏銳，所以一定也比一般人容易受傷吧。

「……不，我一點都不害怕。在當下，我可以感受到福爾摩斯先生發自真心地以老闆為傲。福爾摩斯先生試圖保護自己最重視的人的模樣，真的很棒。看起來非常帥氣唷。」

聽我這麼說，福爾摩斯先生睜大了雙眼。

「謝謝妳哩，葵小姐。」

下一瞬間，他露出像孩子般純真的笑容。

「…………」不知為何，我無法直視他，只好垂下視線。

這是怎樣啦。今天的福爾摩斯先生一直犯規耶。

「清貴——！還不趕快過來哩！」

老闆憤怒的吼聲打破了沉默。

福爾摩斯先生一臉無奈地聳聳肩。

「真是的，真拿他沒辦法。」

「可是，老闆真的是個很棒的人呢。他剛才說的話讓我好感動喔。」

「是啊，家祖父是我最尊敬的師傅。但願我能繼承他的一切，未來甚至超越他……」

福爾摩斯先生宛如自言自語地說。

「那我們走吧。」他微笑著往前走去。

「好的。」我用力點點頭，跟在他身後往前走。

老闆在大廳的中央，被賓客們包圍著。

國家級鑑定師家頭誠司，果然很厲害。

福爾摩斯先生一定也會將之承襲吧。

包括鑑定師的哲學，以及其他的一切——

第二章　『宛如名畫〈宮女〉』

1

京都進入了秋天。

氣溫宜人，晴空萬里，樹葉漸漸染上紅色。

秋天是豐收的季節。不論是使用各種結實纍纍的京都特產蔬菜製作的料理，抑或添加大量栗子等食材的日式甜點，都大受歡迎。秋天的京都，說不定是一年中最富魅力的時節。

秋天正是觀光的季節。

寺町通與三条通的商店街，都變得比平常更熱鬧。

我在店裡悠閒地打掃，同時望向窗外。

最近我可以光從路人散發出的氛圍，就判斷出他們是不是觀光客。在這個季節裡，觀光客果然很多。而這些觀光客們大多看都沒看這間店一眼，就直接走過了。

是的，這間店還是一如往常地安靜，彷彿與外面的喧囂隔絕了。

在令人心曠神怡的爵士樂節奏中，立鐘的指針緩緩往前走。

福爾摩斯先生坐在櫃檯，像平常一樣，手拿著筆，翻閱帳簿。

……他又在確認帳簿了。

仔細想想，他到底都在確認些什麼啊？

我手裡拿著除塵撣，用眼角餘光偷看他，這才發現福爾摩斯先生竟然假裝在確認帳簿，但實際上卻在念大學的書。

「福爾摩斯先生，你在念書嗎？」

我驚訝地高聲說，福爾摩斯先生有些不好意思地看著我。

「被妳發現了嗎？不好意思，因為我有作業要交。」

「呃、喔。」你不必向我道歉啊——我在心裡這麼補充。

「我想趁著這個機會向妳坦承，其實我有時候會假裝記帳，但其實是在念自己的書。」

「原來如此！」

難怪他那麼常打開帳簿。

「葵小姐，妳也可以寫自己的功課，沒有關係。」

福爾摩斯先生似乎覺得很過意不去，害我忍不住笑了出來。

他根本沒有必要覺得愧疚啊。

老闆的孫子在顧店的時候念自己的書，是很正常的事啊。

「不行不行，我是工讀生，不做事怎麼能領薪水呢？只不過，假如在考試前無論如何都必須來打工的話，我可能就會在店裡稍微念一下書了。」

原則上在考試前我都會休假，但他們偶爾還是會拜託我來顧店。像這種時候，他們能允許我在店裡讀書就夠了。

「如果是這樣的話，到時候我可以教妳功課喔。」

「真的嗎？太棒了。」

如果福爾摩斯先生可以教我功課，那就太令人高興了。

就在我興奮地探出身子的時候，門上的掛門風鈴響起。

「歡、歡迎光臨。」

我嚇了一跳，轉過頭去，出現在眼前的是一位纖瘦的男子。他給人的感覺很中性，把略長的頭髮綁成馬尾；年齡大概是二十五到三十歲之間吧。

「你好，小貴。」

「是米山先生啊。」

語畢，他露出一個無力的笑容。

「好久不見了。打擾你工作真是不好意思。」他聳聳肩。

「不會不會，就像你看見的，我只是在做些雜務而已。請坐。葵小姐，妳也休息一下吧，我去泡咖啡。」福爾摩斯先生站了起來。

什麼雜務，你剛才明明就在念自己的書。

「你好，幸會。妳該不會是小貴的女朋友吧？」

我一在櫃檯前的沙發坐下，他便面帶笑容地問我。

「不、不是的，我只是在這裡打工的工讀生而已。」我慌張地搖搖頭。

「喔，原來如此。因為你們兩個人之間的氣氛看起來很不錯。」

氣氛很不錯？聽見這句話，我不禁悸動了一下。

「我叫米山涼介，現在在畫廊工作。」他竟然對還是高中生的我遞出了名片。

「我叫做真城葵。」

我用雙手接過名片，目光頓時被那張名片充滿藝術感的設計吸引了。

「這張名片設計得好漂亮喔。」

「謝謝妳。」他微紅著臉，狀似喜悅地說，同時縮起身子抓了抓頭。

這一定是他自己設計的吧。感覺上他就像是希望得到稱讚，才把名片拿出來的。

這個人真可愛耶。

就在我端詳著名片的時候，福爾摩斯先生手拿著托盤從茶水間走了出來。

「──請用。」他把杯子放在我們面前。

咖啡濃醇的香味撲鼻而來，讓人心曠神怡。

「謝謝。」他喝了一口咖啡，彷彿很享受地瞇起了眼睛。

「哎呀，小貴泡的咖啡真是好喝。對了，這個伴手禮是甜點，正好適合配咖啡，我們大家一起吃吧。」

他喜孜孜地從紙袋裡拿出一個紙盒，放在櫃檯上。

紙盒上寫著「阿闍梨餅」。我定睛盯著這幾個字看。

「……這要怎麼唸呢？」

「這唸作『ＡＪＡＲＩＭＯＣＨＩ』唷。這是一家叫做『滿月』的名店販售的甜點，在京都很有名呢。那我們就恭敬不如從命了。」他拿起一個遞給我。

「謝謝你。」

一拆開，裡面是一個圓形的煎餅。

我咬了一口，皮很有彈性，內餡則非常清爽。

「這、這個好好吃喔。」

超乎想像的美味，讓我覺得心滿意足。

福爾摩斯先生和米山先生看似高興地點點頭。

「對啊，這很好吃對吧。這在關西地區是非常受歡迎的甜點，但因為保存期限只有五天，所以外地人都不太知道呢。」

「喔，原來如此。」

能夠享用的期間只有短短五天，所以會買來當作伴手禮帶回家的人也有限。這麼美味的東西只有少數人知道，真是太可惜了！

我再咬了一口阿闍梨餅，沉浸在滿足當中。這時——

「家頭老師最近好像在美術館發現了贗品對吧？據說做得相當精巧呢。」

米山先生彷彿自語似地說。

「對啊，所以下次我也要和家祖父一起巡行各個美術館。老實說，我們其實也有談到，沒想到這幾年竟然會出現比你還出色的仿製師呢。」

聽見這句話，我大吃一驚。

——仿製師？

我不禁懷疑自己的耳朵，同時看著米山先生。他露出苦笑。

「啊，害妳嚇一跳了吧。其實我本來是一個仿製師，因為被家頭誠司老師揭穿，現在已經金盆洗手了。」

「原、原來如此。」我不知道該怎麼回答，只好用模稜兩可的笑容回應。

「妳很意外嗎？」福爾摩斯先生這麼問，我點點頭。

「是的，我本來以為仿製師感覺應該會更有氣勢。」

氣質這麼柔弱的人，很難相信他竟然是仿製師。

「沒有喔，其實很多仿製師都是我這種樣子的呢。我本來是美術大學的學生，對自己的畫工非常有自信，可是每次參加比賽都落選。當時我看著那些名畫家的作品，心想著：『這種東西我也畫得出來！』，於是開始模仿他們畫畫。我畫的那些都是傑作呢。」

「贗品是不會有傑作的。」

福爾摩斯先生以冷冷的表情說，米山先生又縮了縮身子。

「抱歉抱歉。總之我畫的那些仿冒品被一些損友看上了，他們一直吹捧我，說我是天才。因為我很少受人誇獎，所以高興得不得了，結果就這樣沉迷於製作贗品了。」

怎麼這麼簡單就走上這條路啊……我傻眼到說不出話來。

福爾摩斯先生用眼角餘光看著他，嘆了一口氣。

「別看他這個樣子，他其實很無良呢。」

「無良？」

「對啊，我是指他製作贗品的手法。他買來十七世紀無名畫家的畫作，把上面的顏料全部刮下來，再把那些顏料溶解，用同一面畫板重新作畫。這麼一來，作品就能夠展現當時特有的色調，而且從畫板到釘子上的鏽蝕，也都是十七世紀的風貌。」

「呃，哇。」這真的很厲害。

「另外，他是那種——該說像是被附身嗎？他作畫時會進入某種恍惚狀態，模仿那名畫家，所以他畫的贗品不太有『意圖欺瞞他人』的討厭感覺。」

聽見福爾摩斯先生輕描淡寫地這麼說，米山先生露出一抹自嘲的笑容。

「可是啊，在這段過程中，我漸漸希望自己被看見。」

「……希望自己被看見？」

「嗯，我很想大聲主張：『這才不是什麼名畫家畫的，而是我畫的！』然而我立刻就被看穿了。

家頭老師特地來找我，對我說：『我實在不想對仿製師說這種話，可是你的畫工真的很不得了哩。一直躲在暗處實在很浪費，你就改過向善，好好贖罪唄。如果你決定這麼做的話，我可以幫你哩。』……就在這時候，我才第一次覺得有人看見了『我』，於是高興得嚎啕大哭呢。」

米山先生可能是回想起當時的情景吧，他眼眶泛淚，用手托著腮如此說道。

「——對了，你今天找我有什麼事？」

福爾摩斯先生輕柔地問道，他這才回過神來，抬起頭。

「啊，嗯……其實我有一件事想要拜託小貴。」

米山先生又縮起身子。

「拜託我？」

「該怎麼說呢。就是，我想請你鑑定。」

「好啊，我當然很樂意。」

福爾摩斯先生立刻把手伸進衣服的暗袋，準備拿出手套來。但是米山先生卻趕忙舉起手阻止他。

「不，那個東西現在不在這裡。」

「那東西很大嗎？」

「嗯，是還滿大的啦。其實我前幾天請家頭老師看過之後，老師說『你拿去給清貴看』……」

「──家祖父這麼說？」

連福爾摩斯先生也一臉困惑地皺起了眉頭。

這的確很奇怪。老闆已經先看過了，卻又指定福爾摩斯先生鑑定。這到底是怎麼一回事呢？

「那到底是什麼東西？」

「其實──我想要你鑑定我畫的畫。」

聽見他這麼說，我們不約而同地「咦？」了一聲，頓時僵住身子。

「鑑定米山先生畫的畫？」

也就是說，米山先生想要請福爾摩斯先生鑑定他的畫作有多少價值囉？福爾摩斯先生雖然具有高超的鑑定能力，但是替畫家的畫作估價，應該已經超出他的業務範圍了吧。

「這件事攸關我的人生。」

米山先生這麼說，再次聳肩。

「可以請你詳細說明嗎？」福爾摩斯先生露出強而有力的眼神。

攸關人生的事，到底是什麼事呢？

我有點緊張地靜靜等待米山先生開口。

「那是在前些日子，我去參加一場藝術界宴會時所發生的事。」

米山先生緩緩道出事件始末。

2

——事情的來龍去脈是這樣的。

米山先生被老闆揭穿後，就改過自新，前去自首，待他徹底贖了罪，便完全脫離了那個世界。

之後他在老闆的協助下，開始從事正當的工作。

老闆雖然力挺米山先生，不過他並沒有對周遭的人隱瞞米山先生以前是個仿製師的事。

老闆說，不要刻意隱瞞，才能稱得上是堂堂正正地活著（這果然很像老闆的作風）。

之後，米山先生受邀出席一場宴會，結果遇見了他最不想再見到的人。那就是住在岡崎地區的一位富豪老人——高宮先生。

「……在我二十出頭的時候，我把自己畫的贗品賣給了那個人。」

米山先生又縮起身體，彷彿很愧疚一般。

米山先生的損友聽說有位叫做高宮的富豪住在岡崎，對畫作非常沉迷，於是他們要求米山先生偽造『某一幅畫』。

米山先生一直以來都只負責偽造，從來不曾干涉過販售。

但唯獨這一次，他無論如何都想親眼看見客戶的反應——也就是說，他對那幅贗品抱有極高的自信。

這是他第一次，也是最後一次自己販售贗品。

而他在那場宴會上遇見的，是他唯一的客人，亦是唯一的受害者。

聽到這裡，福爾摩斯先生輕輕將雙手交叉在胸前。

「……你仿製的是誰的畫作？」

「維梅爾。」

「他真是個深受仿製師喜愛的畫家呢。」他笑了出來。

「『深受仿製師喜愛的畫家』是什麼意思？」我不解地問道。

「維梅爾有『光影魔術師』之稱，是十七世紀的荷蘭畫家。他呈現光線與質感的高超技巧，直到現在仍令世人深深著迷。他最有名的作品，就是畫中少女回眸一笑的〈戴珍珠耳環的少女〉，這幅畫甚至被譽為『荷蘭的蒙娜麗莎維』呢。

在二十世紀，有個名叫『米格倫』的天才仿製師幾近完美地仿製了維梅爾的作品，引起軒然大波。這個仿製師米格倫出名到人們在想起維梅爾這個名字的時候，就會同時想起他的名字呢。」

福爾摩斯先生一如往常流暢地說明。嗯，福爾摩斯先生果然還是福爾摩斯。

「真不愧是小貴。」米山先生露出微笑。

「這是在這個業界無人不知的事情。話說回來，高宮先生我也認識，他雖然年紀大了，但非常瞭解美術界。你帶著維梅爾的贗品去找他，他竟然會被瞞騙，而且還買下來，這實在令人有點不敢置信。你仿製的作品，該不會是〈合奏〉吧？」

「——不，是〈彈吉他的少女〉。」

他淡淡地這麼說，福爾摩斯先生的眼睛露出銳利的光芒。

「……原來如此，真是無良呢。」

看著用眼神交談的兩人，只有我一頭霧水地張著嘴。

福爾摩斯先生察覺了我的困惑，轉向我溫柔地笑了笑。

「失禮了。維梅爾的〈彈吉他的少女〉，就是……」

他從書架上拿出一本介紹藝術作品的書，翻到某一頁。

「就是這幅。」

那一頁上的畫作裡，有著一個穿著樸素洋裝的年輕女孩，手拿著比烏克麗麗稍大一點的吉他，朝著一旁微笑；整體感覺相當柔和。

「這幅〈彈吉他的少女〉，是維梅爾晚年的創作，由於當時他的畫技已經逐漸衰退，所以與其他作品相比，這幅作品的評價比較低。」

「喔，所以比較容易仿製嗎？」

我點點頭，但米山先生卻微笑著搖了搖頭。

「不，不是那樣的。」

「咦？」

「這幅畫本來收藏在英國一間名叫『肯伍德府』的美術館，但它在一九七四年曾經失竊過。」福爾摩斯先生露出難過的表情陳述，我驚訝地探出身子。

「咦？這幅畫被偷了嗎？」

「是的。不過那幅畫在兩個月後就被找到，現在也仍收藏於肯伍德府。」

「啊，找回來了嗎？那真是太好了。」

「是啊，但同時也有人認為，美術館宣稱找到的那幅畫，只是為了保全面子而準備的贗品，而真品現在還不知流落何方。」

他們兩人互相對望。

看見福爾摩斯先生銳利的眼神，我不禁屏息。

一度失竊，後來又回到美術館的作品——

也就是說，他們賣畫的說詞，就是『美術館找到的是為了保全面子而準備的贗品，這個才是真跡』。

「那麼，剛才福爾摩斯先生所說的〈合奏〉那幅作品呢？」

「那也是失竊的作品。但很遺憾，直到現在都還下落不明。」

福爾摩斯先生打從心底遺憾地說，同時垂下了視線。

……原來如此。話說回來，原來世界上真的有專門偷藝術品的人啊。好像電影或漫畫的情節喔。

「仿製〈合奏〉的風險太高了對吧。」

「的確如此。你真的很無良呢。」

「討厭啦，那都是過去的事了。而且提議的人是我朋友。」

「是啊，我當然明白。」

他們相視而笑。

「請問，為什麼〈合奏〉的風險比較高呢？」

雖然我覺得只有我一個人不懂有點不好意思，但我還是小聲地問道。

「假如因為失竊而下落不明的〈合奏〉出現，很可能會成為全球爭相報導的大新聞。就算在賣出時要求買方保證不會張揚，但在那之後，真跡還是有可能出現。既然如此，還不如挑曾經失竊、但現在已經找回的作品，風險相對比較低，買方也不會大肆宣揚自己家的才是真跡，而會私下好好保存。」

「——原、原來如此。」

的確如他所說，假如一幅失竊已久的世紀名作突然出現，說不定真的會變成一個大新聞。但如果是早已回到美術館的〈彈吉他的少女〉，買方就比較不會想公開宣揚。

「很無良吧？」

福爾摩斯先生用眼神尋求我的認同，我本來想用力點頭，但又遲疑了。

在他本人面前，我實在很難說出：『對啊，沒錯，真的很無良。』

「你還是一樣，只要提到贗品，批評就會非常犀利呢，小貴。」

米山先生看起來有些愉快地彎起眼。

「你們用多少錢把那幅贗品賣給高宮先生？」

福爾摩斯先生調整了坐姿後這麼問。米山先生豎起一隻手指。

咦？該不會賣了一百萬吧？他賣這麼貴嗎？

「一億。」

「一、一億……」聽見他不假思索地這麼回答，我高八度的聲音在店裡響起。

「……維梅爾早期的作品曾經在拍賣會上以十億賣出，用這個標準來看，這種不能公開宣稱是真跡的後期作品，我想一億應該是很公道的。」

「公、公道？這樣很公道嗎？」

「當然，前提是那幅畫是『真跡』。贗品連一毛錢都不值。」

福爾摩斯先生再次嚴厲地強調。

「你真的很犀利耶。」米山先生聳聳肩，笑著說。

「不過，沒想到高宮先生竟然真的願意掏出一億啊。我知道他是富豪，但他分明是個慎重且仔細的人啊。是不是你朋友的推銷話術很厲害？」

福爾摩斯先生滿臉疑惑地用手托著下巴，注視著米山先生。

「我們根本沒有推銷，只是把畫拿給他看，再告訴他價錢而已。」

「……原來如此。」

「高宮先生端詳了那幅畫一陣子之後，就說他要買。之後他寄了一張支票來，可是面額只有一百萬。他好像沒有要支付尾款的意思，我們也沒辦法再深究，所以最後那幅畫就用一百萬賣給他了。」

米山先生聳聳肩。福爾摩斯先生笑著說：

「原來如此。如果是這樣的話，那我就能理解了。高宮先生也許已經看出那幅畫是贋品了吧。他是在知情的狀況下支付一百萬的——為了褒獎你瞞過了他，同時讚許你的畫技吧。」

福爾摩斯先生點點頭，米山先生卻沉重地嘆息。

「你說得沒錯。所以我在宴會上再次遇到高宮先生的時候，我什麼話都說不出來，只是全身發抖地對他鞠躬。沒想到他竟然帶著和藹無比的笑容對我說：『上次那個彈吉他的少女，真是謝謝你。』我簡直像是被澆了一盆冷水。」或許是一想起當時的情況，就真的感到害怕吧，米山先生臉色蒼白，用手扶著額頭。

「我能理解。包括家祖父在內，這個業界全都是怪物啊。很可怕喔。」

福爾摩斯先生點點頭這麼說，讓我的表情不禁變得僵硬。

……福爾摩斯先生，你本人也是個不折不扣的怪物啊。

「之後，高宮先生繼續對我說——」

米山先生嘆了口氣，接著說下去。

高宮先生向米山先生買下〈彈吉他的少女〉之後，便立刻赴英，前往肯伍德府看〈彈吉他的少女〉。

於是，高宮先生確定當時米山先生賣給他的確實是贗品。

而關鍵就在於——因為兩幅畫幾乎一模一樣。

高宮先生買下的畫，與在美術館展示的那幅畫分毫不差。高宮先生表示，他察覺到米山先生應該將這幅畫深深烙印在腦海中，簡直像被維梅爾附身般仿製出這幅畫吧。他所支付的一百萬，正如福爾摩斯先生所說，一來是讚許米山先生竟然能瞞過他的眼睛，二來則是對米山先生精湛至此的畫工表示敬意。

（從福爾摩斯先生的說法以及高宮先生充滿自信的口吻看來，高宮先生想必也具有鑑定的慧眼吧。）

米山先生說到這裡，或許是回想起當時鬆了一口氣的感覺吧，深深地吐了一口氣。

「我雖然鬆了一口氣，但是高宮先生卻接著說：『但是你對我犯罪的事實還是沒有改變。如今既然我們重逢了，我想要你贖罪。』」

「他要你還錢嗎？」

我忍不住問道，米山先生搖搖頭。

「如果是這樣的話還比較簡單呢，他是這麼說的——」

高宮先生的要求是——

『只要你完成我的一個心願，我就原諒你所犯的罪。』

聽他轉述完高宮先生的話，我和福爾摩斯先生不由得彼此對望。

——完成我一個心願。

到底是什麼心願呢？

正當這個疑問掠過腦海的同時，福爾摩斯先生像已經明白了似地點點頭。

「他希望你畫一幅畫對吧。」

「沒錯，而且必須符合他開出的條件。」

「條件？他該不會要你仿製出一幅贗品吧？」

「不是，他要我畫一幅像是『迪亞哥・維拉斯奎茲』的畫。」

「——迪亞哥・維拉斯奎茲啊。」

福爾摩斯先生的手在櫃檯上十指交錯。

聽見這個陌生的畫家名字，我愣了愣。福爾摩斯先生翻開他放在櫃檯的那本藝術作品集。

「迪亞哥・維拉斯奎茲是西班牙的宮廷畫家，也是有西班牙繪畫黃金時代之稱的十七世紀中，最具代表性的巨匠。他的著名作品包括〈布雷達之降〉以及〈宮女〉等等。」

他所翻開的那一頁，便是〈布雷達之降〉這幅畫作。

在戰爭甫告終的氛圍之中，牽著馬匹、手持長槍士兵們齊聚在一起，互相慰勞。

這幅畫真的很棒，我可以理解他為什麼會被譽為巨匠。

「這幅〈布雷達之降〉是描繪戰勝的作品。」

——描繪戰勝的畫。

也就是說，畫裡描繪的是西班牙在戰爭中獲勝的情景。

「描繪戰勝的作品，構圖一般都是敗將跪在地上，勝利的一方坐在馬上俯瞰對方；但是在這幅〈布雷達之降〉中，戰勝方將領卻和戰敗方一起站在地面，而且把手放在對方的肩上，像是慰勞著對方。」

聽他這麼一說，我再次仔細端詳了這幅畫。

乍看之下就像是戰勝方將領在慰勞同一陣營的士兵，但這其實是勝方將領將手搭在敗方將領的肩上。兩個人給人的感覺，就宛如戰友一般。

「這是一幅描繪西班牙在戰勝時展現出騎士精神的傑作。迪亞哥・維拉斯奎茲不僅有精湛的畫工，每一幅作品都能打動人心，也是他最為人稱道的地方。」

福爾摩斯先生這麼說，同時揚起了微笑。

……打動人心的作品。

聽完他的說明之後，我再次端詳〈布雷達之降〉這幅畫。

不分勝方或敗方，只是單純慰勞對手的模樣，著實令人崇敬。

我再次深深體會，在接觸這種藝術作品的時候，果然還是必須先瞭解一些背景知識，才能更有收穫。

如果只是單純地『看』，根本無法理解作者隱藏在這幅畫裡的心意以及背景故事。

就在我這麼想的時候——

「——所以你已經完成那幅畫了，對吧？」

聽見福爾摩斯先生的聲音，我回過神來。

「嗯，我畫好了。家頭老師說，把畫交給高宮先生的時候，還是有一名知情的第三者在場見證比較好，所以老師說他願意陪我一起去。」

的確，我也覺得有個知情的人在場比較好。

老闆主動說要陪米山先生去，可見他真的非常照顧米山先生呢。

「但是老師一看見我的作品，就立刻說：『我不陪你去哩。你叫清貴陪你去唄。』」

米山先生帶著無奈的表情這麼說。

「……所以你才會來找我啊。」

「我想老師既然這麼說，就表示一定有什麼事情是只有小貴才知道的。小貴，你可以陪我去嗎？」

米山先生語畢，便深深一鞠躬。福爾摩斯先生輕輕嘆了一口氣。

「——好吧。既然家祖父都指定我了，我當然必須陪你去。而且老實說，我也很想親眼看看你到底畫出了什麼樣的作品。」

「啊，太好了。」

米山先生鬆了一口氣，將手放在胸口。接著又說：

「對了，如果方便的話，小葵也一起去吧。」他看著我這麼說，我嚇了一跳。

「咦，我也可以去嗎？」

「是啊，聽說高宮先生之前因為一場車禍失去了夫人、兒子以及他非常疼愛的孫女，現在他身邊只剩下一位親人。如果他的孫女還活著，年紀大概就和妳差不多，因此我想如果妳在場，氣氛應該會比較和緩。」

米山先生這麼說，福爾摩斯也點點頭。

「或許真的是如此呢。葵小姐，如果妳方便的話，可以和我們一起去嗎？」

「好、好啊！我很樂意和你們一起去。」

我對高宮先生的委託之謎非常好奇，而且我也想看看米山先生到底畫了什麼。

更重要的是，老闆看過那幅畫之後，並不是說『這幅畫不行』，而是指定要福爾摩斯先生來看——我也很想釐清這個謎。

雖然這麼想似乎有點沒禮貌，但我抱著興奮的心情，用力點頭。

3

當週的星期六。

我和福爾摩斯先生開車前往高宮先生家所在的岡崎地區。

這一帶有紅色鳥居聳立的平安神宮、岡崎公園以及動物園，在我印象中相當遼闊。

我坐在副駕駛座上眺望著窗外。

「在今天這片藍天之下，平安神宮的紅色看起來更亮眼了呢。」

福爾摩斯先生一邊開車，一邊瞇著眼這麼說。

「真的耶。這一帶好像很適合散步呢。」

「是啊，除了平安神宮之外，美術館裡還有※回遊庭園，在圖書館看書也不錯。再多走一段就可以到南禪寺，光是岡崎地區就可以玩一整天喔。」（譯註：一種可供遊客在園內四處遊覽的日式庭園。）

「對啊，京都真的有好多值得去的地方呢。」

「是啊，以後我們再慢慢去看吧。」

福爾摩斯先生不假思索地這麼說，我不禁心跳了一下。

「對、對啊，如果能有福爾摩斯先生帶路，那就太棒了。」

假如和福爾摩斯先生一起去美術館、圖書館、動物園這些地方，豈不是真的跟約會一樣了？可是我們之前已經一起去過百萬遍的跳蚤市場，也去過了鞍馬，對福爾摩斯先生來說，那可能也沒什麼特別的吧。

當我發現原來只是我自己窮緊張，實在很不甘心。即使我知道在他面前假裝也沒用，但還是裝得若無其事地望向窗外，就在這時，車子慢慢開進了住宅區。

這裡有許多和京都的氛圍頗不相襯的豪宅座落路旁，彼此的間隔距離都很遠，散發高級住宅區的氣息。

車子開進一條小巷後，眼前突然出現一道高聳的圍牆。

「這裡就是高宮家。」福爾摩斯先生看著圍牆這麼說。

「咦？」

我嚇了一跳，目瞪口呆。

高聳的圍牆圍出一個區塊，散發出不容許外人侵入的氣氛。

巨大的鐵柵門裡，是一片鋪滿草皮的庭園。

庭園的中央有一棟洋房，外牆是色調沉穩的磚牆。

我以前也看過不少金碧輝煌的洋房，但都是比較近代、新穎的設計，而高宮家卻能讓人感受到它悠久的歷史。

這棟建築散發的氛圍，正如一座古城。

門口寬廣的停車區，已經有一輛大型廂型車停在那裡，而坐在駕駛座上的就是米山先生。

他一看見我們，就揚起笑容，對我們揮手。

福爾摩斯先生對米山先生點頭致意，接著倒車，把車子停好。

「時間剛剛好，謝謝你。」

米山先生一下車就打開後車廂，拿出一面包起來的大畫板。

那就是他完成的作品。

而對方委託他畫的是『像是迪亞哥・維拉斯奎茲的畫』。

「——歡迎各位蒞臨。這邊請。」

在庭院迎接我們的僕人帶我們走進高宮家。

我一面對玄關大廳的寬闊以及挑高的高度感到驚訝，一面走向書房。

途中可見胭脂色的地毯及吊燈；牆上掛著一幅很大的肖像畫，畫中人物是一名長相端正的青年和一名美麗的女性，我想應該是年輕時的高宮先生和夫人吧。

那幅畫一定是出自某位名畫家之手，真的畫得很棒。

「這裡就是書房。」

僕人在書房門口停下腳步，緩緩地推開門。

首先映入眼簾的，是米山先生所畫的〈彈吉他的少女〉。

我有點驚訝高宮先生明知那是贗品，卻仍將它掛起來。

那幅畫的前方有一張氣派的書桌，高宮先生就坐在那裡。

他看起來和老闆同一個年代。

所以應該也超過七十五歲了吧。

但他沒有老闆身上那種源源不絕的活力，而是穩重又溫和，非常有氣質。

「謝謝你們來。」

他這麼說，同時扶著拐杖站了起來。他講話的口音是標準語。

我們對他鞠躬。

「哎呀，小貴，好久不見了。你會一起過來的事，誠司已經告訴我了。」

高宮先生一看見福爾摩斯先生，就瞇眼微笑著說。

「好久不見了，您都沒變呢。」

「沒有沒有，我也老了。我也很想像誠司先生一樣，永遠保持年輕活力啊。」

他這麼說完後，又將視線轉到我身上。

「——這位是？」

「我、我叫做真城葵。」我生硬地出聲問候。

「葵小姐是我們『藏』的員工。」福爾摩斯先生立刻這麼說。

「這樣啊。在家頭家的人身邊工作，一定很有趣吧。請加油喔。」

從他的話裡可以聽出他很瞭解家頭家的特殊性，讓我突然有種親切感。我開心地說：「好的。」並再次鞠躬。

接著，高宮先生走向米山先生。

「看來你已經完成了呢。你平常作畫都這麼快嗎？」

他面帶笑容地問道。明明看起來非常和善，卻帶有某種魄力。

「是、是的。我覺得我作畫應該算快。」

米山先生戰戰兢兢地點頭，接著望向書房裡已經準備好的畫架。

「呃……在這裡看嗎？」

「是的，麻煩你了。」

「好、好的。」

米山先生將那幅包起來的畫作放在畫架上。

從他的動作可以看出他非常緊張，連我都忍不住心跳加速。

「——請、請看。」米山先生說，同時離開畫架。

放在畫架上的畫，蓋著一條白布。

我可以看出始終帶著從容表情的高宮先生，也不禁屏氣凝神。

站在牆邊的福爾摩斯先生眼睛也散發著銳利的光芒。

書房裡瀰漫著一股緊張的氣氛。

高宮先生輕輕伸出手，取下白布。

「——噢！」

他忍不住發出的驚嘆。

畫裡是個如洋娃娃般可愛的小女孩。

小女孩看起來大概只有七~八歲左右，有著一頭充滿光澤的黑髮、黑溜溜的雙眼，以及薔薇色的臉頰。

她穿著粉紅色的洋裝，臉上掛著清爽的笑容。

高宮先生不發一語，佇立在原地。站在他身後的福爾摩斯先生揚起了嘴角。

「這就是『像迪亞哥・維拉斯奎茲的油畫』啊。你成功地呈現了巨匠的畫法呢。不過，這位少女是？」

福爾摩斯先生問道，高宮先生垂下了視線。

「……是我的孫女，聰子。」

聽見他的回答，福爾摩斯先生緊閉雙唇，露出若有所思的表情。

米山先生略顯遲疑地抬起頭來。

「……我從家頭老師那裡聽說，您以前非常疼愛您的孫女聰子小妹妹，所以我就拜託您的秘書，請他借我一張聰子小妹妹的照片。」

他對自己擅自做出這種事情感到抱歉。

聽見『以前』這個詞彙，我不由得湧起一陣悲傷。高宮先生的家人因為車禍而喪生，這幅畫裡畫的就是他已經過世的孫女吧。

「……原來如此。迪亞哥・維拉斯奎茲曾替西班牙國王腓力四世的愛女瑪格麗特公主畫過好幾幅畫。那些畫雖是送給與公主有婚約的奧地利皇家的禮物，但國王非常疼愛她也是事實。你的靈感應該就是來自這裡吧？」

福爾摩斯先生這麼問道，米山先生默默頷首。

高宮先生站在那幅畫前，眼眶泛淚，雙手顫抖著。

「這幅畫實在棒得超乎我的想像，我非常感動。在天國的聰子一定也會很高興吧。」

「謝謝您。」

米山先生鬆了一口氣似地將手放在胸口。高宮先生悲傷地瞇起眼睛。

「……我因為事業成功，獲得了龐大的財富。我一度覺得自己彷彿得到了全世界，甚至傲慢地認為世上沒有用錢買不到的東西。然而我卻遭到了天譴。我的妻子和兒子一家人，拋下工作繁忙的我出去旅行，沒想到一場車禍，奪走了我最心愛的家人們。包括我結縭多年的妻子、我最自豪的兒子，還有我疼愛的孫女聰子……」他注視著畫，喃喃地訴說。

自以為得到了全世界的暴君——失去了用錢絕對買不到的一切。

我從高宮先生身上感受到莫大的悲傷和痛苦，令我沒有辦法直視他，只好低下了頭。

「……是，這件事我也聽說了。聽說您的孫女當時才五歲。」

聽見米山先生接下去這麼說，我疑惑地再次確認了一下那幅畫。

這個女孩只有五歲嗎？

……怎麼看都不像啊，她看起來應該是更大的孩子。

這時，福爾摩斯先生點點頭。

「原來如此。你畫的是已經長大一點的聰子小妹妹對吧。」

「……是的。我參考借來的照片，推測您孫女長大後的模樣，畫了即將上小學的聰子小妹妹。」

米山先生用力點頭，高宮先生再也忍不住，流下了眼淚。

「謝謝你。我做夢也沒想到竟然能見到七歲的聰子。」

高宮先生用力地握住米山先生的手。

「……不會，能符合您的期待，真是太好了。」

他一定完成了高宮先生的心願吧。

我也覺得胸口發熱，眼眶泛淚。

「這已經遠遠超出我的期待了。」高宮先生更用力地握著米山先生的手，但米山先生卻露出略帶遲疑的表情。

他為什麼看起來不太高興呢？就在我心中浮現這個疑問的時候——

「——這幅畫本身或許的確超出您的期待，但這並不是高宮先生您『一開始想要的畫』吧？」

福爾摩斯先生用堅定的口吻這麼問道，我們全都停下了動作。

畫本身的確超出期待，但並不是他一開始想要的畫？

我聽不太懂福爾摩斯先生這句話的意思，因此皺起了眉。

不過米山先生看起來似乎也抱著同樣的疑問，帶著認真的眼神頷首。

「我也和小貴有相同的感覺。我在作畫的時候雖然很有自信，但是家頭老師看見我的畫之後，沉默了一陣子，接著指名要小貴來。

我想老師或許也感受到一種難以言喻的不對勁吧。雖然您好像很滿意這幅畫，但是您真正的委託，和這幅畫其實沒有辦法用一條線連起來，對不對？」

米山先生平常那股柔弱的氣質突然消失，用極為堅定的口吻這麼詢問，讓我感到疑惑。原本十分懦弱的米山先生，竟然會露出如此堅強的眼神。

高宮先生就像想躲開他的眼神似地，垂下了視線。

「……是啊。我之所以開出『像迪亞哥・維拉斯奎茲的畫』這個條件，就是因為我心中也有希望你畫出的『某一幅畫』。我很期待過去曾經瞞過我雙眼的這個天才，面對我開出的條件，究竟會畫出什麼樣的作品。

你究竟是會揣測出我的想法，畫出一幅美麗的作品呢？還是只會帶來一幅單純模仿迪亞哥・維拉斯奎茲技巧的作品呢？」

……原來如此。

高宮先生是想測試米山先生能不能符合他的期待啊。

「結果，你雖然沒能看出我的期望，卻畫出了遠遠超出我期望的作品。

就算說你的器量遠超過委託人也不為過。所以這樣就夠了。我已經非常滿足了。」

他目不轉睛地盯著畫作，由衷地這麼說。

「可是，我沒有辦法接受自己沒畫出您原本期待的作品。」米山先生有點生氣地大聲說。

他和平常簡直判若兩人。

米山先生一直以來都隱藏著自己繪製贗品。雖然他現在已經改過向善，在畫廊工作，但說不定這是他第一次接到這樣的委託——

對方是在知道他的一切，又認同其才華的狀態下委託他作畫的。相信在他的心裡，可能有什麼開始萌芽了吧。

那是想要盡全力達成委託人期待的心情，也是身為創作者的自尊……

福爾摩斯先生又是怎麼想的呢？

我偷偷看了福爾摩斯先生一眼，只見他正站在牆邊，眺望著窗外，臉上帶著微笑。

……他在看什麼呢？

我順著他的視線往窗外一望，只見兩個小孩在庭院裡玩耍。

一對年輕的父母面帶笑容地看著這兩個連走都還不太會走的孩子。

「——請問那一家人是？」

我輕聲問道，高宮先生也以溫柔的表情看著窗外。

「那是我僅存的寶物。我失去了最愛的家人，但還有一個孫子存活下來。在那裡的就是我孫子一家人——我的孫子、他的太太，還有快滿三歲和兩歲的孩子，也就是我的曾孫。

他們打從心底愛著我，無關乎我的身分地位。他們真的是我無可取代的寶物。」

高宮先生看著在庭院裡玩耍的一家人，臉上綻放幸福的笑容。

福爾摩斯先生彷彿洞悉一切，點了點頭。

「我知道了，高宮先生。」

高宮先生一臉不解地把視線轉向福爾摩斯先生。

「您希望米山先生畫的，是一幅像〈宮女〉這樣的作品對吧？」

福爾摩斯先生得到確信之後，用堅定的口吻說。高宮先生睜大了雙眼。

「〈宮女〉？」

我和米山先生異口同聲地說。不過我們的語調並不相同。

我的聲音充滿了疑問，而米山先生的聲音則帶著訝異。

「……你還是一樣厲害呢，小貴。」

半晌，高宮先生像是看著某種炫目的東西一般，瞇著眼說道。

——〈宮女〉。

之前福爾摩斯先生在介紹迪亞哥・維拉斯奎茲的名作時，曾經提到這幅作品，所以我在書上看過它的照片。

這幅作品的西班牙原文是「Las Meninas」，意思是「宮女們」。印象中，這幅畫的構圖是以瑪格麗特公主為中心，身旁圍繞著幾名宮女。

『本作品複雜的構圖，獲得了極高的評價』——我記得書上還這樣寫著。

所以高宮先生希望米山先生畫一幅構圖複雜的畫嗎？

彷彿為了回答我的疑問，福爾摩斯先生從放在地上的包包裡拿出一本藝術作品集。

「為了預防萬一，我帶了這個來。」

他翻開書本，找到那幅〈宮女〉。

我的記憶沒錯，那幅畫的中間是瑪格麗特公主。

畫的左側，有一位宮女牽著公主的手；右側則有三名少女。三名少女中年紀最小的女孩，看起來像踩著一隻趴在地上的狗。乍看之下似乎有點殘酷，但是從狗的表情看來，牠好像並不覺得痛，所以感覺只是小朋友的惡作劇。

最令人印象深刻的，就是一名站在大畫板前的畫家。

「——這個人是誰？」

「就是迪亞哥・維拉斯奎茲本人。」

「本人！」原來這幅畫也是迪亞哥・維拉斯奎茲的自畫像啊。

竟然連自己都畫進畫作裡，迪亞哥・維拉斯奎茲是不是自戀狂啊？難道藝術家都這樣嗎？

就在我仔細端詳這幅畫，試圖看出畫裡還藏有什麼暗示的時候，米山先生悄悄地站在我身旁。

「——米山先生，請你仔細看看畫裡的『國王夫妻』。」

福爾摩斯先生說。

「國王夫妻？」米山先生露出不解的表情，定睛細看。

他沉默了一陣子之後，彷彿發現了什麼似地，猛然抬起頭。

「……請問您發現了什麼嗎？」

「嗯，對。小葵，妳看這裡。」

米山先生指著畫中掛在後方牆上的方框。

「你是指這幅畫裡的畫嗎？」

畫裡的畫，構圖是一名穿著禮服的女性站在左邊，另一個看起來頗有權勢的男性站在右邊。

這應該是國王夫妻的肖像畫吧。

「我本來也這麼認為，但其實並不是這樣。這不是畫，而是一面鏡子。依照習俗，國王應該在我們看過去的左側才對，但這裡卻是相反的，對吧？」

「鏡子？」

……如果是這樣，那就表示國王夫妻也在這間房裡，只是沒有畫出來而已。於是我觀察瑪格麗特公主和畫家維拉斯奎茲的視線。

——也就是說，維拉斯奎茲在大畫板上繪製的，其實是國王夫妻的肖像。

原來如此啊。

換句話說，維拉斯奎茲是用國王的角度替他畫了這幅畫啊。

現代可以輕易留下照片，但是在當時並沒有那樣的技術。

當時還是小女孩的瑪格麗特公主，日後將會嫁到奧地利。

眼前這一幕安祥又洋溢著幸福的日常光景，對國王來說，就像只能短暫擁有的寶物般貴重。

維拉斯奎茲把那宛如寶物的畫面裁切下來，繪製成一幅畫。

他把來到國王夫妻身邊的公主與宮女們，甚至連自己的身影，都當作國王視野中的一部分，留存了下來。

就在我察覺這一點的時候——

「——我、我明白了。」米山先生彷彿和我有同樣的心情，緊握著拳頭。

「我明白〈宮女〉這幅畫作的構圖祕密了。」

他壓低聲音繼續說道。

「這是——國王每天都能看見的幸福光景對吧。」

聽他這麼說，福爾摩斯先生輕輕點頭。

沒錯，我也明白了。

換言之，高宮先生其實是希望米山先生畫下他從這裡看見的『孫子一家人幸福地遊玩』的畫面，也就是只有此刻才能看見的幸福光景。

正如同『迪亞哥・維拉斯奎茲的〈宮女〉』一樣。

因為高宮先生知道，眼前那個乍看之下微不足道的畫面，是多麼珍貴而無可取代。

一回過神，我發現自己已經眼眶泛淚，於是慌忙地壓住眼頭。

「請用。」

福爾摩斯先生立刻把手帕遞給我。

「……謝、謝謝。」

我難為情地用手帕壓著眼頭。

聽著我們的對話，高宮先生揚起了微笑。

「謝謝你完全看穿了我的心思。

你說得沒錯，不過『像迪亞哥・維拉斯奎茲』的條件，其實也隱藏著我一絲絲壞心眼，因為我想看看『米山先生能將這道謎題解到什麼程度』。我甚至把你看扁了，覺得你一定猜不出來。然而你卻用維拉斯奎茲的風格，畫出了這麼棒的一幅畫，我真的非常滿意。」

語畢，他再次望向米山先生所畫的聰子小妹妹，憐惜地瞇起了雙眼。

米山先生走向高宮先生，對他鞠躬。

「——高宮先生，可以請你再給我一次機會嗎？」

聽見這句話，高宮先生不發一語，直視著他的雙眸。

「請讓我再畫一幅。這次我一定會畫出宛如〈宮女〉的作品。」他帶著堅定的口吻說。

「——米山先生。」

高宮先生先是露出有點遲疑的眼神，接著立刻高興地微笑。

「那麼，請讓我正式委託你。可以請你幫我畫出——我現在從這裡看見的那一幕幸福光景嗎？」

「好的，我非常樂意。」米山先生把手放在胸口，再次鞠躬。

「我很期待你畫的〈宮女〉，但這次請你不必拘泥於維拉斯奎茲的畫風，請用你的畫風呈現這幅光景。」

聽見高宮先生這麼說，米山先生帶著認真的眼神，深深一鞠躬。

「好的，我會盡我的全力完成。」

他們兩人，簡直就像真的國王和迪亞哥・維拉斯奎茲一樣。

好神聖的畫面。

一位傑出的畫家，就在這個瞬間誕生了。

第三章　『遺失之龍—梶原秋人的報告—』

1

「——是，好的，那就麻煩您了！」

梶原秋人，二十五歲。職業是演員。

聽見經紀人傳來的消息，我抱著興奮的心情掛上電話。

我在電話裡談的是一份新的工作。

『我認為這份工作非常適合老家在京都的秋人先生。』

那是一個旅遊報導節目，感覺就像※『從世界的車窗眺望』的京都版本吧？

（譯註：日本朝日電視台的旅遊節目，原名為「世界の車窓から」。）

儘管播出時間不長，不過節目中會透過美麗的影像介紹京都。

機會終於來了。

在這之前，我一直都只能演些小角色……

「——沒想到竟然有這麼好的工作上門。」

再怎麼說，這可是全國播放的節目的主要人員呢。

我深深吐了一口氣，一屁股坐在沙發上。

眼前是一幅掛軸。

那是北齋畫的富士山。爸爸留給我的掛軸當初因為家裡的糾紛而燒毀，但我後來又找到一樣的，於是便把它買了下來。

我記得那幅畫的名字是——

「呃，叫什麼來著？」

我打開手機的記事本，看見『富士越龍圖』這幾個字，我點了點頭。

同時，那個綽號叫『福爾摩斯』的人——家頭清貴所說的話，也浮現在我的腦海。

——秋人先生的『富士越龍圖』，據說是北齋死前三個月完成的。北齋在九十歲時過世，他臨終的遺言是「若老天能再保我五年生命，我便能成為真正的畫工」。也就是說，他認為假如自己能再多活五年，就能成為真正的畫家。即使已經臨終，仍一心想畫畫、一心想追求完美的他，或許正是一位真正的藝術家吧。

我想梶原老師應該是想告訴秋人先生「假如你真心喜歡藝術這條路，就必須抱著這種態度，不可以抱著玩玩的心情。而且你要像畫裡的富士山一樣，成為日本第一；像飛上天的龍一樣，成為明星。」

我相信他雖然沒有說出口，但心裡其實一直是支持你的——

一想起福爾摩斯告知的爸爸的心意，我的眼眶不禁又熱了起來。

「………」

現在回頭想想，自從福爾摩斯告訴我爸爸的遺志之後，很奇妙地，我的工作運就一直很好。

（在那之後，我就馬上接到舞台劇《仲夏夜之夢》的拉山德這個重要角色。）

這次的工作是以我為主。如果我能因為這個工作受到矚目，說不定就能接到其他更好的工作。

沒想到我竟然可以介紹京都。儘管我的雙親都不是京都人，而我自己連關西腔都不說，但我在京都長大這件事仍是不爭的事實。

我也是京都男人啊（基本上）。

在這個秋意漸深的季節，京都有太多值得一看的地方了。

不過，我才剛從京都回到東京的家，現在又得立刻回京都去了。東京的女人們一定又會抱怨：『你又要丟下我回關西去了？』

想著想著，我不由得開心地笑了起來。

據說製作單位第一個想介紹的地方是『南禪寺』，在正式拍攝之前，我先去場勘一下或許也不錯。

在那之前，我先去『藏』露個臉，跟那個傢伙打個招呼好了……
請他告訴我有關南禪寺的各種知識吧。
我想那傢伙一定會露出困擾的表情，但最後還是親切地告訴我吧。
我拿起手機，看著前些日子在宴會上拍的福爾摩斯的照片，輕輕笑了出來。

2

幾天後，我前往京都。
從品川車站搭新幹線，大約兩個半小時後，就抵達了京都車站。
京都車站設置了大階梯、空中走廊、空中花園以及瞭望台等，近代化的設計，讓人無法想像這是歷史古都的車站。
關於這個車站，直到今天，正反兩方的意見仍爭論不休。我身為作家的爸爸，也對這個車站的外觀感到十分憤怒。
『我比較希望這個車站能設計成像京都國立博物館一樣的懷舊現代風格。』
每次提到車站，作家們都會這麼說。
雖然有許多人反彈，但是假如撇除掉這是『古都・京都市』的車站這個概念，這棟氣派的京都車站大樓，仍是個值得一看的景點。至少我是這麼認為的。

假如把它當作世界知名觀光地的玄關，這樣的設計也挺不錯的啊。

一旦跨出當地，就能用更客觀的角度進行思考。

我在車站前搭上計程車，直趨寺町三条。

我在市公所附近的御池通下了計程車，走進寺町商店街。

走著走著，我的心跳也愈來愈快。

我幹嘛這麼緊張啊？我看了一下手錶，現在是下午三點半。

對了，今天是平日，搞不好福爾摩斯根本不在。

即使如此，只要在店裡等一下，他總是會來吧。

我看見了『藏』的招牌，以及那古色古香的店面。

我壓抑著緊張的心情，一打開門，就聽見門上的掛門風鈴一如往常地響起。

映入眼簾的，是面對面坐在櫃檯兩邊的福爾摩斯和老闆。

（老闆在店裡，還真是稀奇呢。）

就在我這麼想的同時，也對他們兩人看起來顯得非常消沉的樣子感到疑惑。

他們把手肘靠在櫃檯上，抱著頭，簡直像在參加喪禮似的。

「發、發生什麼事了嗎？」

我不安地問道。福爾摩斯輕輕地抬起頭。

他的頭髮黑得發亮，肌膚白皙。

五官端正得令人生氣，一如往常是個瀟灑的好男人。

「……這不是秋人先生嗎？我聽說你回東京去了。」

「是啊，但我又回京都了。」

「東京那邊沒有工作了嗎？」

「才、才不是，正好相反啦！」我生氣地大聲說。

「我早就知道了。從你滿臉興奮的樣子，就可以看出你接到了新的工作。而且那是關西的工作，所以你就回來了。大概就是這樣吧。看你手上還拿著行李，你應該是直接從車站來的吧。所以你有什麼事情想找我商量嗎？」

他一如往常像個靈媒似地，準確地說中了一切。

我一開始雖然覺得有點毛，但習慣之後，發現跟他談事情可以很快，所以我覺得這樣也不錯。

「呃，對啦，就是這麼一回事。不過你們兩個人為什麼臉色那麼難看？」

我走向他們，在沙發上坐下後，老闆手扶著額頭，深深吐了一口氣。

「這段時間我和清貴一起跑了許多外縣市的美術館哩。」

「……這樣啊。」

「因為有一些冒牌貨混在裡面哩。」

「冒牌貨？」

「就是字面上的意思。有仿製品混在裡面，而且製作得非常精巧。」

福爾摩斯垂下了肩膀，無力地回答。

「那些仿製品竟然連館長的眼睛都能欺瞞過去，就這樣大剌剌地被掛在美術館裡，真是令人惋惜哩。我得聯絡柳原先生和其他的鑑定師，呼籲大家眼睛一定要放亮一點才行哩。話說回來，真沒想到世上竟然有超越米山的仿製師哩。」

「……就是啊。」

兩人重重地嘆息。

「米山是誰？」

我不解地問道，福爾摩斯露出一抹無力的笑容。

「他是家祖父以前揭發的仿製師，現在已經洗心革面，在畫廊工作，不過他的畫工非常高超。我們先前還聊過，應該很難有超越米山先生的仿製師了吧，沒想到現在竟然真的出現了。」

「唉，那種傢伙永遠都會有新人出頭啦。以前京都也有很多優秀的仿製師哩，我年輕的時候也經常被騙哩。我說過很多次，其實仿製師也是很厲害的鑑定師哩，所以我們鑑定師必須超越他們才行。」

「我知道。」

「只不過優秀的鑑定師一直沒有被培養起來，也是一大問題哩。真希望你也能早點成為獨當一面的鑑定師。」

「是，我會盡力。」

「對了，我得去找柳原了。清貴，明天就拜託你了。」

老闆緩緩站起身，他看起來不如平常那麼精神奕奕。

可能是因為美術館裡出現贗品，讓他大受打擊吧。

「好，我知道。話說回來，老闆，你不用故意裝出那種消沉的樣子沒關係，我知道你打算去先斗町玩。」

福爾摩斯若無其事地這麼說。

「囉唆，那是我精神的來源！」老闆丟下這句話後，就離開了。

他果然還是以前那個老闆啊。

「——那麼，秋人先生，你有什麼事呢？」

福爾摩斯緩緩將視線移向我。

「啊，喔，對了。我接下來要負責一個新的節目。」

我重整心情，對福爾摩斯說明。

我主持的這個節目雖然只有五分鐘左右，但是會在全國播出；節目著重畫面的美感，介紹美麗的京都。

第一集準備介紹的是南禪寺。

「——我雖然也向朋友介紹過幾次八坂神社和清水寺，可是南禪寺我就不太熟了。所以我才想到，如果可以和福爾摩斯一起去一趟，那就太好了。」

聽我這麼說完，福爾摩斯很明顯地皺起了眉頭。

「也就是說，你想要我帶你去南禪寺嗎？」

「沒錯沒錯，感覺你學識很豐富嘛。」

「什麼學識……你只要看書或是上網查不就好了嗎？」

福爾摩斯完全不感興趣似地喝了一口咖啡。

「不、不是，那不一樣啦。」

「哪裡不一樣？」

「就算上網或看書查，我也記不住，或者說，也不會讓我感動。可是不知道為什麼，你告訴我的事情，我全都能輕鬆記在腦海和心裡耶！不管是我老爸的遺言或是祇園祭的緙織壁毯，我全都記得一清二楚。所以，我想要你和我一起去南禪寺講解給我聽！畢竟第一集真的很重要啊！」

我探出身子，拚命地想說服他，但福爾摩斯只是面不改色地看著我。

呃……那副冷靜的表情是怎樣啊。是因為我太熱情了，反而讓他退縮嗎？他八成覺得我很煩吧。

「……好吧。」

「咦？」看見福爾摩斯點頭，我忍不住高聲怪叫。

「既然你都說成這樣了，我也不好拒絕。我可以陪你去南禪寺，不過實在事出突然突然，請問明天可以嗎？」

「喔，好啊，當然沒問題。你明天比較有空嗎？」

「……因為時機剛好。我明天下午正好受邀去南禪寺。」

福爾摩斯乾脆地這麼說，害我整個人僵住了。

「什、什麼嘛，原來你是因為有事要去一趟啊。」

這麼說來，剛才老闆說『明天就拜託你了』，原來就是指南禪寺的事啊。

「是啊，但那和當你的嚮導是兩件事。」

「呃，這麼說也沒錯啦。」

「唉，聽到那是介紹京都的節目，我也很想幫點忙。希望你能好好學習，把京都的美好傳達給觀眾。」

聽他用堅定的口吻這麼說，我立刻坐正回答：「好、好的！」

不過，為什麼他說的話，比經紀人說的話還令我緊張呢？

「那我們先看一下有關南禪寺的資料吧。」他從書架上拿出一本厚厚的書。

話說回來，這傢伙……好像比我小喔？

看著他穩重地打開書的模樣，我想到自己和他之間的差距，不禁露出苦笑。

3

就這樣，我們決定隔天前往南禪寺。

我跟他約好上午十一點在※『三門前』碰面。我理所當然地想開車去，但是福爾摩斯卻對我耳提面命：

『秋人先生，請你搭公車或地下鐵到南禪寺喔。』（譯註：寺院正面的樓門。）

就在我心想：『啊？為什麼？』的時候——

『因為造訪京都的觀光客，幾乎都是搭乘大眾運輸工具。如果你接下來要介紹京都，那麼特意搭乘大眾運輸工具體會觀光客的心情也是很重要的。你平常都是開車對吧？』他這麼一說，我啞口無言，只能閉上嘴。

的確，我每次出門都會開車。

更重要的是，我從來不曾想過搭乘大眾運輸工具去觀光景點。

（就算是帶朋友去，頂多也只從祇園走到八坂神社，再走到清水寺而已。）

『如果你搭公車，可以在南禪寺‧永觀堂道下車；如果搭地下鐵，就要在蹴上車站下車。我會建議你搭地下鐵，從蹴上車站穿過一條名叫【ＮＥＪＩＲＩＭ

ＡＮＰＯ】的小隧道前往南禪寺。』

『ＮＥＪＩＲＩＭＡＮＰＯ是下水道嗎？』我這麼反問，福爾摩斯微微地眯起眼。

我雖然是在京都長大的……不，應該說正因為我在京都長大，所以有很多事情其實都不曉得。

就連金閣寺，我也只有小學遠足時去過一次而已。之後也因為校外教學去過許多地方，但我幾乎都不記得了。

『不是自來水的下水道喔。那是一條很小的隧道，也就是管路。那條通往南禪寺的紅磚隧道，也是很值得一看的景點，請你務必去看看。』

聽福爾摩斯這麼說，我點點頭說：『好。』

——就這樣，我從烏丸御池車站搭上了鮮少利用的地下鐵。

平日早上的乘客很少。

到蹴上車站只有四站，一下就到了。

京都的馬路又窄又擠，看來搭地下鐵比開車要快多了。

我看著路線圖，心裡這麼想。

我從地下鐵蹴上車站下車之後，一出站，就看見一座亮眼的綠色山丘。

那就是蹴上淨水廠。那裡總是維持得很漂亮，五月時會開滿杜鵑花。小學時，我們全家人曾一起來過這附近的動物園，我記得當時還特地來看淨水場的杜鵑花和『蹴上傾斜鐵道』。

當時老爸還指著現在已經廢棄的鐵路線，告訴我：

『這條鐵路以前是為了運送船隻而開通的唷。』

接著媽媽又說：

『我上個月來的時候，這裡開滿了櫻花呢。這裡也是賞櫻聖地唷。』

於是大家便說：『那明年我們就在櫻花季節來吧。』

可是後來沒有成行。

有很多地方因為就在京都市裡，覺得隨時都可以去，結果一次都沒有去成。

的確，這條具有獨特風味的廢棄鐵道上假如開滿了櫻花，一定非常值得一看。如今老爸已經過世，我們再也無法全家人一起來賞花了，實在遺憾，不過我希望明年春天可以在節目上介紹它。

一想到這裡，我覺得彷彿充滿了幹勁。

這條叫做『ＮＥＪＩＲＩＭＡＮＰＯ』的隧道，真的就在附近而已。用紅磚打造的這條小隧道，給人明治時代製造的感覺，同時讓人聯想到異國小村莊。隧道呈現拱形，走進去之後，紅磚就像被捏彎一樣，扭曲地排列著。

「原來如此，難怪叫做※『ＮＥＪＩＲＩＭＡＮＰＯ』啊。」（譯註：日文「ＮＥＪＩＲＩ」意為「扭曲」。）

我抱著感佩的心情穿過隧道。

穿過隧道之後，再往前走一會兒，便能看見南禪寺的『三門』。

「——」

那道巨大高聳的黑門，令人深受震撼。

支撐著巨門的圓柱也非常氣派，看起來堅固無比，那種莊嚴的氣氛讓人彷彿瞬間就會被吞沒。這就是所謂的『親身感受歷史』嗎？

正當我佇立在原地，感慨著：『這種氣派的門樓，應該不是到處都有吧？』的時候——

「早安。」一個聲音從我的身後傳來，我嚇了一跳，轉過頭去。

福爾摩斯穿著牛仔褲和夾克，一身輕便，卻很有質感。

再加上他長得好看、身材也很好，與他的打扮非常相稱。

可惡，他真是個帥哥耶。他會不會比我還引人注目啊？

每次一看見這個傢伙，我都會不由自主地燃起競爭意識。

「可不可以請你不要每次一見到我，都那樣瞪著我呢？」

聽見福爾摩斯笑著這麼說，我趕緊搖搖頭。

「我、我才沒有瞪你呢。」

「從蹴上車站散步過來的感覺怎麼樣？」

他慢慢往前走，同時對我這麼說。

「喔，還不錯呢。」

「穿過一條充滿異國風情的『ＮＥＪＩＲＩＭＡＮＰＯ』小隧道之後，再仰望這座三門，除了有種不可思議的奇妙心情，同時也會覺得胸口像被緊抓住一樣呢。」

他仰望著三門，緩緩地這麼說。

——我可以體會。因為我也有同樣的感覺。

「我就是希望秋人先生能夠體驗那樣的感覺。」

聽他這麼說，我才發現自己完全中了他的計，不禁苦笑。

「南禪寺是臨濟宗南禪寺派的大本山寺院，在日本所有的禪寺當中，等級是最高的唷。」

等級最高！原來如此啊。

「從這個高達二十二公尺的巨大三門，就可以體會它的等級有多高了吧。」

「嗯，是啊。」

它的確散發出一種了不起的氣息，或是說一種看不見的氣勢，令人震撼。

「那我們登上三門看看吧。」

福爾摩斯指著三門二樓的迴廊說，我興致勃勃地點頭：「好啊！」

要登上三門，必須支付參拜費。

「啊，這個讓我出！因為是我拜託你帶我來的。」就在我上前之時，福爾摩斯把門票遞給我。

「──咦？」

「因為我比較早到，所以就先把票買好了。我們走吧。」

他微笑著說。目瞪口呆的我只好收下門票，並心想：

這傢伙為什麼這麼周到啊！

他那無微不至的體貼舉動，令我完全折服。

「……福爾摩斯，從你身上真的可以學到很多呢。」

我手拿著門票，打從心底這麼說。福爾摩斯開心地揚起嘴角。

或許是因為平日上午的關係吧，南禪寺裡只有零零星星的遊客，三門上幾乎沒人。

「秋人先生，樓梯很陡，你要小心腳步。」

福爾摩斯用手指著樓梯，示意我先爬上去。正如他所說，通往門樓上層的木頭階梯極陡，害怕的人說不定只能用爬的。

我點點頭，先踏上樓梯，接著發現福爾摩斯緊抓著扶手，跟在我身後。

原來如此，他這麼做是為了在我不小心腳滑跌落時可以立刻接住我。

這傢伙就算跟男性一起行動，也這麼紳士啊。

或許是因為他經常跟老闆同進同出的關係吧。

和老闆在一起的時候，身為徒弟的他，必須先設想接下來的狀況，事先做好準備。

由於這已經變成他的習慣，所以和其他人相處的時候，他也能自然表現得周到又體貼。

我們一走到二樓的迴廊上，便有一陣秋風迎面拂來。

這裡的高度，可以將寺院境內的風景盡收眼底。

眼前是葉子已經有點變紅的樹林，以及前來參拜的信眾們。

「超、超酷的。」

我雙手抓著扶桿，感動地大喊。福爾摩斯微笑著點點頭。

「這正是『絕景啊、絕景啊』呢。」

「咦？」

「那是一齣歌舞伎的劇情。在劇中，真有其人的大盜石川五右衛門在這座門樓上抽著煙管，俯瞰風景，說『絕景啊、絕景啊』……你不覺得好像可以體會石川五右衛門的心情嗎？」

福爾摩斯眺望眼前的景色，瞇著眼睛，模樣似乎十分怡然自得。

望向寺院境內美麗樹林的後方，可以看見京都市裡的四季。

還能看見五山送火著名的『大』字和『船形』。

「——是啊，真的是絕景呢。超酷的，原來石川五右衛門也曾經登上這裡啊。」

「不，他沒有上來過。」

「什麼？」

「那只是歌舞伎的劇情而已。這座三門是在石川五右衛門遭到處刑之後才建造的，所以其實他並沒有登過門樓。」

「那是怎樣啊？」

「因為京都人認為從這裡看見的壯麗景色，別具浪漫啊。」

他這麼說，再次眺望景色。

我也跟著福爾摩斯一起環視四周。

原來如此，我可以體會作者因為深受眼前景色感動，而想將它放進戲裡的心情了。

我深表認同地頷首，這時福爾摩斯面帶微笑地望著我。

「秋人先生，你的優點，就是毫不做作的感性。請你絕對不要忘了此刻的感受，希望你能將這份感動原汁原味地傳達給觀眾。」

聽見他這番話，我不由得感到胸口發燙。

毫不做作的感性——這好像是第一次有人這麼說我。

我打從心底希望我可以不用刻意偽裝，只要把自己獲得的感動照實傳達給觀眾就好。

「只不過，請你避免在電視上說『超酷的』或是『真假？』這種話，畢竟你在那個節目裡也算是『京都男人』的代表啊。」

被他嚴厲地這麼一說，我氣呼呼地雙手抱胸：「我當然知道啊。」

「既然等一下就能進入寺院，那我們就先去看一下『水路閣』，接著吃午餐吧。」福爾摩斯確認了時間之後這麼說。

「啊，午餐我請客喔！應該說，拜託你讓我請客啦，我想要請你！」

我激動地說，同時抓起福爾摩斯的手。

「……謝謝。不過你可以不用那麼大聲，也不用抓住我的手。旁邊那位小姐好像誤會了什麼，她臉都紅了。我可不想被誤認為和你有什麼關係。」

面對福爾摩斯令人膽寒的冷笑，我的表情頓時僵住了。

——走下三門，穿過南禪寺的境內，我們便看見具有懷舊氣息的拱橋『水路閣』。那是一座用紅磚打造的橋，彷彿古羅馬的水道橋，或是歐洲觀光景點的遺跡，充滿歷史感。

這麼說來，這好像也是我第一次仔細欣賞這座橋呢。

「這座水路閣是明治時代的偉業呢。琵琶湖疏水的支流，就像小河一樣自上方流過。儘管完工至今已經超過一百二十年了，它還是發揮著它的功能呢。」

福爾摩斯用手輕輕撫摸紅磚，抬頭望著橋。

像南禪寺這麼高等級的寺院，竟然和這種具有異國風情的古老紅磚陸橋相鄰，感覺似乎很不對勁，但事實上，兩者卻意外地能互相融合。

紅磚打造的橋墩，勾勒出許多連續的圓弧形。彷彿闖入了異世界，給人一種不可思議的感覺。

「……超酷的。沒想到南禪寺旁邊竟然有一座這樣的橋。」

「當初建造的時候，據說也遭到許多人反對呢。為了保護環境，建設水路閣這種在當時堪稱劃時代的異國風建築物；如今它儼然已經融入當地，成為一種景觀。這正是名符其實的『和洋融合』呢。順帶一提，這座水路閣也已經被指定為『京都市指定史跡』了唷。」

他一如往常像導遊般替我說明。

果然拜託這傢伙帶我來是正確的。不過——

「話說回來，這裡好像很適合約會呢。女孩子應該會很高興吧。」

是說，我拜託他帶我來，卻還講這種話，是不是太欠揍了啊？就在我這麼想的時候——

「我也有同感。」看見福爾摩斯乾脆地點頭，我忍不住笑了出來。

「對了，你有女朋友嗎？」

我本來以為他和小葵關係不錯，但好像並不是我想的那樣。他這麼體貼又博學多聞，應該有女朋友才對吧。

「沒有喔。」

「真假？可是我覺得以你來說，應該有數不清的機會吧。」

「……畢竟我有一些特異的地方，只要和對方在一起，我就會大致瞭解對方，包括對方說的謊、欺瞞我的部分，還有算計的部分，我全都能看得一清二楚。」

聽福爾摩斯這麼說，我不自覺地點點頭。

的確，假如是這傢伙的話，一定能看穿對方的一切吧。

不論女方認為自己撒的謊有多麼完美，福爾摩斯都會全部看穿。

「除了因為我能看穿太多東西，還有另一個原因，我的初戀是遭到女友背叛才分手的。」

「你被你的初戀女友背叛？」

我因為太過驚訝而打斷了他的話。沒想到這個傢伙竟然曾經被女友背叛啊。

「是啊，所以我就對女性完全不抱期待了。我甚至覺得，如果可以和不用深交的對象短暫交往，這樣也不錯呢。」

他這麼說完之後，嘆了一口氣。

「…………」

咦？這傢伙剛才是不是帶著優雅的表情，輕描淡寫地說了什麼不得了的話？

我沉默不語。

「唉，反正這也不是什麼值得驕傲的事情，請幫我保密吧。」

福爾摩斯把食指豎立在嘴前，對我微笑。

「喔，好啦。」這傢伙真是狡猾耶。

「欸，那小葵怎麼樣？」我又接著問。

「你說葵小姐嗎？」

「我是一直覺得她對你來說好像很特別啦。」

聽我這麼說，福爾摩斯沒有特別說什麼，只是輕輕地揚起嘴角。

「啊，她果然很特別吧。」

「我不知道這算不算特別。她第一次來到店裡，放聲大哭的時候……我覺得彷彿看見了以前的自己。」

「以前的自己？」

「是啊，我和她失戀的遭遇很類似。不過，當時我沒能像她那樣，因為我拚了命地維護自己受傷的自尊心和形象。正因為我是這樣的人，所以看見她毫不畏懼地將自己的弱點和醜態全部展現出來，盡情哭泣，我覺得好羨慕，甚至覺得她很耀眼……所以我很想幫助她。」

他自言自語似地這麼說，眼神望向遠方。

福爾摩斯身上『不許人靠近的氛圍』，讓我震懾得說不出話來。

「不、不過，話說回來，今天天氣太好了，明明已經是秋天，竟然還覺得有點熱呢。」

我不知道該說些什麼才好，為了掩飾，只好自己用手搧風。

「據說今天氣溫會上升到二十六度左右。如果你不嫌棄，要不要用這個呢？」他說，同時從上衣的暗袋裡拿出一支扇子，遞至我面前。

這個人到底為什麼準備得這麼周到啦。

我的心情已經超越佩服，變得傻眼了。

「不、不用啦，也沒有到需要用扇子搧風的地步，沒關係。」

「這樣啊。那我們去吃午餐吧。」

福爾摩斯再次把扇子收回上衣口袋，並露出一如往常的表情。

「好啊，我等很久了。」

我用力點頭，就這樣和他離開了水路閣。

4

之後，我們決定在南禪寺附近的湯豆腐餐廳吃午餐。

我目不轉睛地盯著吃相優雅的福爾摩斯。

原來這樣吃就能讓吃相看起來很優雅啊。我有時也會在攝影機前吃東西，就把他當作參考吧。

就在我仔細觀察的時候，福爾摩斯笑了出來。

「……你真的很認真耶。」

被他看穿了我是因為工作而觀察他，我露出難為情的苦笑。

「對了，你說南禪寺請你過去，是有什麼鑑定的工作嗎？」

我轉移話題問道。已經吃完的福爾摩斯再次笑了笑，輕輕放下筷子。

「我想應該不是。」

「咦，不是鑑定嗎？」

「詳情我還不清楚，但對方是說『有事情需要商量』，所以我想應該不是鑑定。」

「……有事要商量啊。」

寺院應該是讓人商量事情的地方，但現在反而是寺院找福爾摩斯商量事情，他還真酷呢。

到底是什麼事情需要商量呢？

不知道是不是自己想太多，我好像莫名地興奮了起來。

吃完飯後，我們踏著悠閒的腳步，再次回到南禪寺境內。

我們穿過剛才登上的三門，直接走向法堂。這裡果然洋溢著『出眾』的感覺。

圍繞在四周的樹木雖然已經開始變色了，但還稱不上真正的紅葉。

「等這裡的樹葉全部變紅之後，一定超漂亮的吧。」

「到時候景色一定會被拍下來吧。我很期待節目的播出。」

他一邊往前走，一邊淡淡地這麼說。

我一直以來都只認為錄影是件愉快的事，可是福爾摩斯這句話，卻讓我感到莫名緊張。

如果我的節目能讓這傢伙這麼說，那我真的得繃緊神經才行。

「時間快到了，我們去本坊吧。」

「本坊？」

「就是住持的住處。他們叫我去那裡。」

往本坊走著走著，眼前出現一間白色牆壁、黑色瓦片屋頂的大型日式房舍。

雖說是住持的住處，但似乎只要支付參拜費，觀光客也可以進去。

四周可以零星看見觀光客的身影。

建築物前站著一名年輕和尚，看起來好像已經等了很久，他一看見我們便深深一鞠躬。

「您就是家頭先生對吧？」他帶著溫和的笑容問道。

「是的。」

「幸會，我是南禪寺的和尚，我叫做圓生。今天感謝您特地蒞臨。這邊請。」

自稱圓生的和尚對我們點頭示意，並帶我們走進屋裡。

我們跟在他身後走著走著，便到了一間和室，裡面擺著上面寫有書法的屏風。

屏風上寫著兩個漢字，但字跡太過潦草，所以我看不懂。

「這上面寫的是什麼啊？」

我脫口問道。福爾摩斯停下腳步。

「這上面寫的是『瑞龍』兩個字。『瑞龍』是南禪寺的※山號。」（譯註：佛寺的別稱。）

福爾摩斯一如往常流暢地回答。圓生似乎嚇了一跳，點點頭說：

「是的，這是南禪寺第八代※管長嶋田菊僊所寫的書法。您說得沒錯，『瑞龍』的確是南禪寺的山號。您真清楚呢，不愧有『寺町三条商店街的福爾摩斯』之稱。」（譯註：佛教各宗派掌管行政事務者。）

他語帶佩服地說。

「不，大家叫我福爾摩斯，是因為我姓『家頭』的關係。」

福爾摩斯微笑著回答。

他為什麼每次都這樣回答呢？

「您太客氣了，包括仁和寺的事在內，我聽說您在各處大顯身手呢。」

「喔，仁和寺的事嗎……」

福爾摩斯像是有點理解般地點了點頭，我忍不住探出身子問道：

「喂，你在仁和寺做了什麼啊？」

「我只是鑑定了一個茶杯而已。」

福爾摩斯輕描淡寫地這麼說，我不悅地皺起眉頭。

可惡，他根本是懶得告訴我吧，一定不只是鑑定而已。

「如果您不嫌棄的話，在前往接待廳之前，要不要先看看我們寺裡最自豪的收藏品呢？」

圓生像是突然想到似地停下腳步，回過頭說。

「我非常樂意。」

福爾摩斯彷彿打從心底感到高興地瞇起眼睛。

「那麼，這邊請。」

圓生輕輕點頭示意後，繼續往前走。

儘管福爾摩斯同樣如此，但這名叫圓生的和尚一舉一動也很有氣質呢，真不愧是高等寺院裡的和尚。

「對了，剛才的書法，福爾摩斯你覺得怎麼樣啊？」

雖然我看不懂上面寫的字，但仍可以感受到它的震撼力。

不知道值多少錢呢？

我小聲地問道。

「……這個嘛，我覺得那是一件很了不起的作品。」

福爾摩斯一邊走，一邊淡淡地回答。

「這就是有國寶之稱的『方丈』（寺院裡住持的房間）。」

在本坊的左側，有一個通往方丈的唐破風大玄關，我們從那裡走進去。

「據說這是將※內裏的※清涼殿遷到這裡重建的。這扇紙門上的畫，也是本寺自傲的藝術品之一。」（譯註：內裏，古代宮城中天皇的私人區域；清涼殿，平安京內裏的殿舍之一。）

圓生眼睛發亮，自豪地說。福爾摩斯也開心地環顧建築物室內。

「這是我第一次進來，這金碧輝煌的紙門畫真的很棒呢。」

他熱情地說，同時注視著紙門。

「對啊，這扇紙門真的很豪華耶。」

就在我從口袋裡拿出手機，準備拍照的時候——

「不好意思，這裡禁止攝影。」

圓生一臉歉疚地雙手合掌說。

我驚訝地立刻停下動作。這時圓生笑了出來。

「不過這就可以拍照了。這尊『寒山拾得像』也是我們是寺裡的寶物。」他指著兩名僧侶靠在一起的銅像這麼說。

「『寒山』和『拾得』是唐代兩名僧侶的名字。他們兩人因為行為奇特而廣為人知，他們的故事經常被當作雕刻或繪畫等創作的題材呢。」

「是喔……」

儘管他特地推薦，但我實在沒興趣拍兩個大叔互相依偎的照片。

不過在我身旁的福爾摩斯卻一樣很開心地欣賞著。

我們又陸續看了畫著龍的瓷器、壺以及掛軸。

「說到這間寺院的寶物，應該還有『雲龍圖』對吧。我們剛才已經去過法堂，但因為沒有開放參觀，所以沒能看見，非常可惜。」

福爾摩斯彷彿打從心底表示遺憾，將手放在胸前。

「雲龍圖？」

「本堂的天花板上，有畫家今尾景年畫的蟠龍喔。」

「喔，很多寺院都有嘛。」就是畫在天花板上的龍。

「如果您不嫌棄，要不要現在去看看呢？」

聽見圓生這麼說，我嚇了一跳。

呃，我們都已經走到這裡了，不用特別回到本堂沒關係。麻煩死了！

我在心裡這麼大叫，但福爾摩斯用力地點了點頭。

看來欣賞藝術品的時候，他完全不怕累。

跟嫌麻煩的我不一樣，福爾摩斯和圓生踏著輕快的腳步前往本堂。

他們就算加快腳步，走起路來還是很優雅。

「話說回來，該怎麼說呢，你和那個圓生先生感覺好像喔。」

我走在路上語帶感嘆地說道。福爾摩斯回過頭問：

「咦？是嗎？」

「啊，你自己沒感覺嗎？你們感覺超像的。搞不好你是適合當和尚的類型呢。」

我呵呵笑道。

「別看我這樣，我也是有很多煩惱的。」福爾摩斯微笑著說。

「對了，秋人先生，南禪寺的※留蓋瓦也是龍的形狀喔。」他把視線轉向屋頂。（譯註：覆蓋在建築角落的瓦片。）

「留蓋瓦？」我訝異地抬頭望向屋頂，只見屋簷的邊緣有個龍頭，我不禁發出感嘆。

「我都沒發現耶。」

這時，圓生雙手在胸前合十，彷彿很佩服的樣子。

「是啊，許多人都沒有發現呢。您真是名不虛傳。」

「這點小事稱不上什麼名吧。」

福爾摩斯聳聳肩，苦笑著說。

我們走進本堂，來到雲龍圖的下方。

繪製在天花板的圖，是在一個圓裡，眼睛炯炯有神的龍，其手上抓著一顆寶玉。

整體來說，色調是偏藍色的。

「——真的很棒呢。」

福爾摩斯眺望著天花板上的雲龍圖，熱切地說。

「其實我們最希望您看的，就是這幅雲龍圖呢。」

圓生淡淡地說。

「這幅雲龍圖有什麼問題嗎？」

「……詳細情形我們到房間之後會再說明。」

圓生帶著沉痛的表情一鞠躬，我和福爾摩斯不由得面面相覷。

5

我們再次回到本坊，在圓生的帶領之下，走進名為『瀧之間』的房間。

這個房間恰如其名，是一間可以遠眺瀑布的美麗和室。房裡已經有三名男子坐在那裡等待了。

「幸會，我是南禪寺的副住持，我叫做雲生。」

首先向我們鞠躬打招呼的，是一位自稱副住持的初老和尚。

接著，一名年約三十歲左右的和尚也低下頭。

「我叫生庵。」

最後，一名穿著工作服，看起來像作業員的中年男子也向我們鞠躬，並簡單地說：「我是園丁菊池。」

「幸會，我是家頭清貴。」

福爾摩斯深深一鞠躬，和尚等人見狀，也對他回禮。

「……我是梶原秋人，請多多指教。」

我不知為何覺得很不自在，也跟著鞠躬。

副住持雲生坐在中間，圓生和生庵坐在牆邊，菊池先生則坐在稍遠一點的地方。

相較於臉上掛著和藹笑容的副住持和圓生，那位年輕和尚生庵則露出認真的表情。

我剛才覺得圓生跟福爾摩斯很像，沒想到他跟副住持也很像。

或許有氣質的人所散發的氛圍，都有某種共通點吧。看起來未有如此氣質的生庵先生，則散發有點緊張的感覺。

另一方面，菊池先生則帶有一股『總之我就待在這裡』的氣息。

話說回來……住持呢？

「今天突然麻煩您特地來一趟，真是不好意思。」

副住持一臉愧疚地說，福爾摩斯搖搖頭，說：「不會。」接著又稍微探出身子。

「請問您找我來有什麼事呢？」

副住持輕輕嘆了一口氣。

「其實住持因為去參加讀書會，所以離開寺院兩個星期。」他緩緩地開口說。

「住持離開的第三天，園丁菊池先生在寺院境內發現了這封信。」

副住持從懷裡拿出一個白色的信封，遞給福爾摩斯。

「……失禮了。」

他從口袋裡拿出一雙白手套戴上，再從信封裡抽出信紙。

【致南禪寺。我把龍帶走了。】

那是一封用毛筆寫的信，字跡很潦草。

福爾摩斯看完那封信後，便皺起眉頭。

不過從他的表情，我無法窺知他在想些什麼。

「我們看了這封信，一開始以為只是個惡作劇，但為了保險起見，我們還是檢查了寺院裡面所有和『龍』有關的東西，但是並沒有任何東西被偷走。所以我們認為這一定只是惡作劇而已。」

坐在副住持兩側的圓生和生庵也點頭附和。

「之後又過了三天，生庵也發現了另一封一模一樣的信。那封信是一大早被人放在方丈的『寒山拾得像』下面，前一天晚上那裡並沒有東西。」

這就讓人驚訝了。

『寒山拾得像』就是我們剛才看過，那個兩名大叔靠在一起的人像吧。

也就是說，有人在半夜裡偷偷潛進來，把信放在那裡囉？

「原來如此，從各種角度來看都很惡質呢。無論犯人是寺院裡的人或是外人。」

福爾摩斯看著信，微微頷首。

沒錯，如果是自己人幹的，那只是一個惡質的惡作劇，但如果是外面的人幹的，那就是擅闖民宅了。

故意把信放在寺院的寶物下，這件事本身就很惡質。

「是啊，但是寺院裡完全沒有東西被偷走，實在很奇怪。我們聽說誠司先生的孫子聰明絕頂，所以才想找您來商量一下。」

原來如此，他們是因為這樣才找上福爾摩斯的啊。

「……這封信是手寫的對吧。不好意思，請問我能不能看看寺院裡的各位所寫的字呢？」

「請大家現在當場寫嗎？」

「不，我想看以前寫的東西。」

福爾摩斯立刻這麼說。我也非常贊成。因為假如叫他們現在立刻寫，他們一定會刻意寫出不同的字跡。

副住持使了一個眼色，圓生和生庵立刻站了起來。不久，福爾摩斯的面前便擺著一大疊抄經本。

「另外，這是園丁菊池先生所寫的字。」

他們最後拿出來的是一封信。那好像只是一封道謝信而已。

「謝謝，我現在看一下。」

福爾摩斯鞠躬之後，便將那封信以及所有抄經本上的文字全部瀏覽一遍。

我本來以為他會仔細地端詳，沒想到他看得這麼快。

副住持的字非常漂亮，圓生和生庵雖然不及他，不過字跡還算工整，像我這種普通人也可以看懂。

看完了其他和尚寫的字，最後他將手伸向目前不在場的住持所寫的抄經本。

「——！」

一看見住持的字跡，他驚訝得屏息。

就連不是鑑定師的我都看得出來。

住持的字跡和那封信上的字跡非常相似。

副住持等人看來是現在才發現這件事，個個表情凝重。

「……謝謝，我明白了。」

福爾摩斯闔上抄經本，慢慢抬起頭來。

是啊，我也明白了。

犯人就是住持。雖然我不知道他的用意為何，但那封『致南禪寺。我把龍帶走了。』的信，一定就是他寫的沒錯。

「就像那封信上所寫的，南禪寺最珍貴的『龍』已經被偷走了。」福爾摩斯直視著副住持這麼說，大家都驚訝得說不出話來。

「你、你說龍已經被偷走了，這是怎麼一回事？」

我忍不住率先提出疑問，生庵也用力地點頭表示同意。

「對啊，剛才不是已經向您報告過，我們檢查了之後，發現什麼都沒被偷走嗎？」

副住持和圓生雖然看起來很詫異，但仍面不改色地等福爾摩斯繼續說下去。菊池先生的眼神則明顯像在說『這傢伙到底在胡說八道些什麼？』

「與其說是被偷走，倒不如說南禪寺重要的寶物『被調包』了比較貼切。」

福爾摩斯冷靜地接著說。

我們剛才看過的南禪寺寶物，有……

天花板上的雲龍圖……那種東西不可能被調包。

屋頂瓦片上的龍頭……那應該不算『寶物』吧？

難道是畫有龍的壺或是掛軸……或是當初發現這封信的地方，也就是那兩個大叔像？會不會那人像其實是意味著『龍』的寶物？比如說背後隱藏著什麼跟龍有關的軼事之類的。還是那扇不能拍照的紙門？

……不，不是。福爾摩斯看到人像和紙門的時候，說了『很棒』。

他看到雲龍圖的時候，也一樣說了『很棒』。

這麼說來，只有看到一個東西的時候……福爾摩斯並沒有說『很棒』。

他只說『這是一件很了不起的作品』……

「『瑞龍』的書法，就是贗品。」

福爾摩斯用堅定的口吻這麼斷定，房裡瞬時充滿了緊張的氣氛。

「家、家頭先生，但是我們每天都看著那個屏風，如果被掉包了，我們一定會馬上發現啊。」

圓生滿頭霧水地說，生庵也用力點頭。

「是啊，而且那麼大的東西，怎麼可能被調包呢？」

副住持以冷靜的眼神注視著福爾摩斯。

「清貴先生，你以前看過『瑞龍』的書法嗎？」

「是的，我看過幾次。但是就算從來沒看過，我也能判斷出那是贗品。」福爾摩斯不假思索地回答，我和大家都嚇了一跳。

「那是什麼意思？」

副住持的語氣並非責備，而是單純提出疑問。

我相信在場每個人的心情都一樣吧。

「……家祖父也經常這麼說：『贗品終歸是贗品，不可能是真品』。」

聽見福爾摩斯這麼說，我們忍不住面面相覷。

菊池先生依然露出一副『這傢伙到底在說什麼啊？』的表情。

很抱歉，其實我也有一樣的想法。

福爾摩斯，你到底在說些什麼啊？

「我們鑑定師就算遇到的贗品是從沒看過的作品，也會知道那是贗品。因為真品有真品的線條，贗品也有贗品特有的線條。

贗品無論如何都藏不住『意圖欺騙他人』的線條。不管顏色或形狀多麼類似，鑑定師都能感受到『不對勁的厭惡感』。」

眾人靜靜聽著福爾摩斯的話。

「不過，我們偶爾也會遇到一些能騙過鑑定師眼睛的『精巧的贗品』。它和製作精美的贗品不同的地方，就是它並不帶有『意圖騙人』的感情。仿製師是在一種恍惚的狀態下，彷彿化身為那名作家來仿製那幅作品。在這種狀態下完成的精巧仿製品上，我們感受不到那種討厭的線條。所以它們有時可以瞞過鑑定師的眼睛。」

聽見這番話，我回想起昨天福爾摩斯和老闆的對話。

有一些贗品瞞過了美術館館長的眼睛，混入了美術館裡。

那些或許就是他所說的精巧仿製品吧。

「話雖如此，那依然是『贗品』。就算製作得非常精美，也讓人看不出意圖欺騙人的線條，它還是欠缺了真品所散發的氣場。『瑞龍』的書法，正是被擁有那種優異仿製能力的仿製師掉包的。

它的精美，別說一般人了，可能連鑑定師的眼睛都可以騙過。」

原來如此，所以福爾摩斯才會說那是『一件了不起的作品』啊。

他竟然只在短短一瞬間就看出那是贗品，而且他還這麼年輕，未來果然無可限量。

福爾摩斯嘆了口氣，接著用手撐在榻榻米上，直視著副住持。

「──副住持，南禪寺以前曾有妖怪出沒。據說那個妖怪當時是因為東福寺的無關普門禪師來到南禪寺而消失的。

經過了大約七百年，很遺憾，南禪寺裡又有冒牌貨潛入了。」

福爾摩斯斬釘截鐵地這麼說，副住持瞇起了雙眼。

「冒牌貨？」

「是的，就在這！」

福爾摩斯語畢，立刻從上衣暗袋裡拿出一把像是短刀的東西，猛力朝圓生的頭揮去。

耳邊傳來『啪』的一聲，彷彿什麼東西彈開似的。

就在所有的人都大吃一驚的時候，我看見圓生接住了頭頂上那像短刀一樣的東西。他的動作就像俗話說的『空手奪白刃』。

福爾摩斯揮出的東西並不是短刀，而是一把扇子。

「──哎呀呀，你長得那麼可愛，怎麼會做出這麼可怕的事呢？你真的想打爆我的頭嗎？」

圓生仍抓著扇子，露出一抹扭曲的笑容。

「我本來打算在你頭頂正上方停住，只是想嚇嚇你而已，沒想到你竟然能這樣接住。你還真有兩把刷子呢。」

「真的假的啊。你剛才的力道，根本就是想把我的頭打爆哩。話說回來，我本來以為你是個品行端正的少爺，沒想到竟然這麼凶啊。我可沒料到你會突然跑來敲我的頭哩。」

「話雖如此，這也只不過是把扇子而已。」福爾摩斯呵呵地笑著。

「你明明就散發出可怕的殺氣哩。」

圓生抓著扇子的手雖然微微顫抖──

「對了，你是什麼時候發現的哩？」臉上卻帶著從容的表情，雙眼閃閃發光。

那是一幅異樣的光景。

福爾摩斯揮出的扇子，現在還被抓在圓生手上。

他們兩個人互相瞪著對方，嘴角掛著笑容。

他們散發出的魄力，讓我們其他人無法動彈，也說不出話來。

「從我們剛見面的時候，我就覺得有點不對勁了。」

「我犯了什麼錯嗎？」

「第一個錯，就是你『打從一開始就知道我是誰』吧。在那麼多觀光客之中，你一看見我，就立刻走過來迎接。我本來說會自己一個人造訪，臨時多帶了一個朋友來，你卻沒有一絲猶豫。從這點我就察覺到，在這間寺院裡想辦法把我叫來的，應該就是你。

接著在瑞龍的書法前，你其實有一點緊張對吧？不，現在回想起來，那應該是興奮吧。你突然變得很多話，而且在說明的時候，你的呼吸也有點亂。

我一開始以為可能是出自某種原因，所以整間寺院上下聯合起來，暫時展示贗品，而你是在擔心這件事曝光。

第二點就是你的模仿天性。你是一個打從心底就喜歡模仿的人，你很容易模仿周遭人們的表情和動作。秋人先生一開始說你和我很像，之後你又變得和副住持很像，另外你寫的字，也和生庵很像。你在寫那封信的時候，也是刻意模仿住持的字跡對吧？以你的能力，明明可以不費吹灰之力就得到你想要的東西，但你為什麼要做這種事呢？」

聽見福爾摩斯這麼問，圓生露出了笑容。

「……身為一名仿製師，我已經到達頂點了，現在已經沒有人能發現我的作品是贗品哩。一開始我覺得很有快感，但是漸漸地，我覺得一切都好無聊咧。所以我包含了洗心革面的決心出家了。雖然我還是耍了一點小招數，但總之順利進入了佛門。

就在前幾天，我得知那幅由我製作、已經好幾年都沒人看穿的贗品，竟然被你看穿了，於是我心中某種幾乎要忘記的東西，突然又湧上心頭。」

「看穿的人不只是我，還有家祖父啊。」

聽見這句話，圓生嗤之以鼻。

「這個嘛，假如是被一個已經累積了無數經驗的老頭子看穿，或許我只會覺得『真不愧是經驗老道的人』，而就這麼不了了之。但是當我聽到看穿我的作品的，是個比我還年輕的人，而且那個人聰明絕頂，被稱為『福爾摩斯』，我就想要挑戰一下了。」

那幅書法，就是我為了挑戰你而特地製作的傑作哩。雖然你還是輕易地就看穿了，但那幅作品應該很不錯吧？」

「──那種東西根本就稱不上作品。只模仿了鮮花的外型，卻完全聞不到花香的人造花，我不會稱它為鮮花哩。人造花就是人造花，跟鮮花完全不同。或許你也有你的想法，但是我從來不認為欺瞞世人的贗品是『作品』。這實在太厚臉皮哩。」

福爾摩斯露出一抹令人毛骨悚然的冷笑。圓生愉快地瞇起眼。

「哎呀，你還真敢說咧。話說回來，這就是你的本性嗎？這種可怕的氣息，簡直就像換了一個人似的，不過這比你品行端正的那一面好多了。看來你也是個怪人嘛。」

「多謝哩……所以，真正的『瑞龍』在哪裡？」

「在寺院的倉庫裡，只要稍微找一下，應該馬上就會找到了。一想到世界上有你這種人，我突然又覺得對俗世充滿了留戀。今天就算我輸了，我撤退。後會有期。」

圓生笑了一笑，把福爾摩斯撞開，便抓著扇子奪門而出。

「別想逃！」

就在福爾摩斯準備追出去的時候，副住持突然大聲喊道：

「請等一下，清貴先生！」

聽見他的聲音，福爾摩斯頓時停了下來。

一回神，圓生就不見蹤影了。

「——！」

福爾摩斯不甘心地咬著嘴唇，緊握住拳頭，「嘖」地咂了聲嘴。

看見他的模樣，我著實嚇了一跳。就像圓生剛才所說的，這傢伙在品行端正的面具背後，竟然有這麼不服輸的一面啊。

儘管我的腦袋還沒跟上這個出人意表的發展，卻莫名覺得佩服。

「清貴先生，他那個人就像忍者一樣哩。也許你也有一些功夫底子，但一個溫室裡的少爺是沒辦法抓到他的。那只會浪費你的時間和體力而已。」

聽見副住持淡淡地這麼說，福爾摩斯皺起了眉頭。

「請恕我直言，我並不是『溫室裡的少爺』。」

他轉過頭來這麼說。他的嘴角雖然帶著笑意，但也明顯地表達出他對副住持這番話感到不悅。

「我知道你也不是普通人，但是論體能，你應該沒辦法贏過圓生吧。」

「……副住持看起來好像不怎麼驚訝，莫非您早就察覺了嗎？」

「我固然沒有發現瑞龍的書法被掉包了，不過我知道圓生並不是普通人，也感受得到他其實背負著一些沒有辦法公開的過去。但是他既然已經下定決心遁入空門，我們的工作就是接納他這份決心。我不知道圓生有什麼樣的過去，但他已經幾乎忘記俗世，專心唸經，懺悔自己犯下的罪孽，只差一點點就能成為真正的和尚了。然而，或許在他得知你的存在之後，又發現自己對俗世還有許多眷戀吧。如果是被經驗豐富的誠司先生揭穿，縱使他可能會覺得受傷，但應該也會就此放棄吧；可是被你這個年紀比他還小的人看穿，他的自尊心可能就無法允許了。

同時，我相信圓生一定很高興你看穿了他製作的贗品。也許他覺得，一直以來都以『影子』的身分活下來的他，終於被認可為一個『個體』，而且還找到了一個命中註定的對手。既然如此，他就沒辦法再繼續低調地活下去了……真是諷刺。」

他望著遠方淡淡地說。

「這件事您會報警嗎？」

「他說瑞龍的書法在倉庫裡，我相信他應該不會說謊。以結論而言，並沒有東西失竊，而且就算報警，警方對那個『忍者』也束手無策吧。」

「那麼您打算怎麼辦呢？就這樣放任他不管嗎？」

福爾摩斯可能有點生氣吧，他用強烈的口吻這麼問。副住持揚起了微笑。

「有你在啊。」

「咦？」

「圓生就麻煩你哩，『寺町三条商店街的福爾摩斯』先生。」

聽見這番話，福爾摩斯把眼睛瞪得老大。

「到頭來，我們還是沒辦法填滿圓生心裡的空隙。我很遺憾，但這也是無可奈何的事。既然你已經看穿他製作的每一件贗品，將他打倒了，那麼未來你一定也能看到更多吧。

而且，說不定那個人的宿命，就是成為你的他山之石呢。」

副住持拍了拍他的背。

他那種彷彿看透一切，同時又接納一切的笑容，令人震懾。

「……真不愧是南禪寺的副住持呢。」

福爾摩斯似乎放棄了，垂下肩膀。

「當然，我會把他製作的贗品全部揭穿。我要讓他知道製作贗品這件事，是毫無意義的。」福爾摩斯露出了堅定的眼神。

6

之後，副住持再三向我們道謝，又送了我們許多伴手禮。

『這件事情請兩位務必保密。』

在他送我們離開的時候，又特別補充了這句話。我們便離開了本坊。

我和福爾摩斯慢慢走在遼闊的寺院境內。

福爾摩斯可能在思忖著什麼吧，他眉頭深鎖，不發一語。

「──雖然副住持要我們保密，但你應該還是會跟老闆說吧？」

我試探性地這麼問。福爾摩斯抬起頭。

「是啊，當然。我會向老闆報告……只是我沒什麼心情就是了。」

「沒什麼心情？」

「要是他知道我讓一個向我提出挑戰的天才仿製師逃走了，他一定會大發雷霆地罵我：『你在做什麼啊！你這個笨蛋！』，而且一定會很大聲。」

福爾摩斯憂鬱地輕輕嘆息。

我可以輕易想像出滿臉通紅、勃然大怒的老闆是什麼模樣，所以我的表情也僵住了。

「我只能說節哀順變了。當時如果副住持沒把你叫住，說不定你早就逮住他了呢。」

是的，福爾摩斯是因為被副住持叫住，才會停下動作。

「不，副住持說得沒錯，那個人的體能極佳，也正因如此，他才能擁有如此精湛的模仿能力，就算說他是『忍者』，也絕不是誇大其詞。就算我追上去，可能也是徒勞無功吧。」

「這樣啊，沒想到世上也有這麼厲害的人呢。」

「對啊，他是我目前遇過的仿製師中最惡劣的一個。但即使是這樣的人，也曾經真心悔改，想要遁入空門。一想到我的存在阻擋了他的決心，我的心情就很複雜。」

福爾摩斯垂下了視線，看起來有點落寞。

是啊。福爾摩斯的存在，讓差點從這個世上消失的天才仿製師再一次復活了。

「──話雖如此，我只是做我該做的事而已。不管有什麼樣的贗品出現，我都只能揭穿它。」

福爾摩斯抬起頭，露出一抹無所畏懼的笑容，我不禁感到有些發毛。

圓生固然不是普通人，但這傢伙其實也一點都不普通。

「話說回來，你突然用扇子打圓生的時候，我真的嚇了一跳呢。那把扇子看起來就像短刀一樣，老實說，反而是我嚇得要命。沒想到福爾摩斯竟然是個武鬥派。」

他的動作宛如電光石火。

而能漂亮地擋下那記出其不意的攻擊，圓生也不是省油的燈。

「武鬥派這個詞真不好聽。家祖父從小就要不斷求我鍛鍊身體，託他的福，現在我已經完全是他的貼身保鑣了。畢竟我們有時必須前往治安比較差的國家購買昂貴的古董。」

說得也是，如果是日本就算了，但如果在國外購買昂貴的古董，必然會伴隨某種程度的危險。說不定他這些年來已經遇過很多危險，也經歷過許多恐怖的遭遇了吧。

這樣的他卻被說成是『溫室裡的少爺』，也難怪他會生氣。一想到當時福爾摩斯『不悅』至極的表情，我就忍不住笑了出來。

「你在笑什麼？」

福爾摩斯用斜眼瞥了我一眼。

這傢伙一定知道我在想什麼吧。

「沒有啦，抱歉。我只是在想，以後絕對不要惹你生氣。」

「是啊，請你絕對不要惹我生氣。要是你惹我生氣，我會用扇子打爆你的頭喔。」

「喂，這聽起來不像開玩笑耶。」

「因為我不是在開玩笑啊。」

「喂！」

「對了，秋人先生。你今天接下來還有什麼事情嗎？」

「喔，我沒有什麼特別的事。」

「如果你不嫌棄，要不要去『藏』啊？我們剛剛拿到了那麼多甜點，我可以泡咖啡給你喝。」

福爾摩斯笑著說，我覺得很高興。

「喔，好啊。那你多說一點有關南禪寺妖怪的故事嘛，我很好奇耶。」

「好啊，沒問題。今天葵小姐也會來打工，那我就為你們兩位介紹一下京都各種不可思議的故事吧，包括南禪寺的妖怪故事在內。」

福爾摩斯開心地瞇著眼睛這麼說。

「我很喜歡妖怪或不可思議的故事，但是鬼故事就拜託你不要講太多了。我真的很怕聽鬼故事。」

「喔，是這樣嗎。你應該聽過一条戻橋這座橋的故事吧？這個故事非常詭異，當時安倍晴明……」

「是說，你怎麼就這樣開始講了！」

聽我生氣地大聲說，福爾摩斯愉快地笑了起來。

跟我們擦身而過的觀光客，也偷偷看著我們，輕聲竊笑。

我皺起眉頭，接著又突然想起一件事。

「對了，福爾摩斯。我有件事想拜託你。」

「拜託我？」

他可能是有什麼不祥的預感吧，露骨地皺起了眉頭。

「不要露出那種表情嘛。是我的伯母在找鑑定和收購古董的業者啦。」

「喔，如果是這種事情的話，我非常歡迎。」

聊著聊著，突然一陣涼風吹過南禪寺的境內。

雖然楓葉接下來才會慢慢轉紅，但這已經完完全全是秋風了。

如同愈來愈深的秋意，我雖然有股預感，未來還會陸續發生各種事件，但心思卻已被寺院境內的美景佔據——就在這樣的秋日午後。

第四章　『夜長之秋』

1

「葵小姐，妳可以在外面過夜嗎？」

「──咦？」

那是一個安靜的星期六傍晚。

我就像平常一樣，在古董品店『藏』做些雜務的時候，福爾摩斯先生若無其事地這麼問我。

在外面過夜是什麼意思呢？

難道他想約我一起去旅行嗎？

福爾摩斯先生約我去旅行……呃，為什麼？

就在我不知該如何回答的時候──

「不好意思，葵小姐。」

福爾摩斯先生瞇著眼睛，露出歉疚的表情。

「我好像害妳誤會了。」

他繼續這麼說，讓我再次發出「咦？」的怪叫聲。

「其實是因為秋人先生的伯母剛搬家，舊房子成了空屋，而她委託我去鑑定放在那間房子裡的古董。因為古董的量還滿多的，所以秋人先生一直說：『既然我們都要去一趟了，乾脆就住在那裡吧。』。我對和秋人先生單獨過夜實在沒什麼興趣，所以如果葵小姐不嫌棄的話，不知道妳願不願意一起去？」

「………」

聽見這個和我想像的差了十萬八千里的事實，我目瞪口呆地愣在原地。

原來他是要和秋人先生一起去秋人先生親戚的空房子過夜，所以才約我一起去啊。

哇——我也太先入為主了吧！

從那句『在外面過夜』中過度解讀了！

話說回來，福爾摩斯先生怎麼可能約我去旅行嘛。好、好丟臉喔。

不過，跟福爾摩斯先生和秋人先生一起外宿，感覺好像很好玩呢。

「葵小姐可以嗎？時間是下個星期六。」

「啊，好啊，我也想去。」我重整心情，用力點頭。

「對了，秋人先生的親戚家在哪裡呢？」

「聽說在東福寺附近。那是梶原老師的姊姊家，由於她先生過世，所以她決定把房子賣掉。在出售房子之前，她想先把家裡的東西賣掉。」

原來如此。一個人住獨棟的房子，也許真的太大了吧。

話說回來……

「那間房子裡的藝術品，真的多到需要住下來才鑑定得完嗎？」

「她已故的先生好像是古董收藏家。據說他生前曾說過，在他過世之後，可以把那些收藏品都賣掉無妨。其實我想東西應該沒有多到需要住下來的地步，只是秋人先生那天想和我們在一起吧。」

「什麼意思？」

「那天是那個節目的首播日。」

福爾摩斯先生微笑著說。「喔！」我恍然大悟地拍了一下手。

「那個介紹京都的節目！」

我可以理解他想和福爾摩斯先生一起看的心情。

就在這個時候，『藏』的室內電話響起。福爾摩斯先生拿起電話子機。

「古董店『藏』，您好。」他簡單地應答。

「……是，我就是家頭清貴。」福爾摩斯先生點頭說。

我繼續打掃，並偷聽他說話。

「不會不會，您過獎了，我並沒有幫上什麼忙……是，好的。」

他臉上浮現笑容。

「啊，好的，我知道了。那麼我們晚點再談。失禮了。」

福爾摩斯先生掛上電話，把子機放好。

到底是誰呢？聽起來好像也不是客人。

「是秋人先生的經紀公司打來的。」

他一如往常地讀出了我的心思，很快地答道。

「秋人先生的經紀公司，不就是演藝經紀公司嗎？」

我記得他的公司好像叫做『akCOMPANY』，是個很有名的製作公司。

「是啊，剛才打來的是秋人先生的經紀人。」

「秋人先生的經紀人為什麼要打電話給福爾摩斯先生啊？」

「據說他們先行確認了這次要播出的第一集節目，對於節目的品質非常驚訝。他們問了秋人先生之後，秋人先生提起我的名字，所以他特地打電話來道謝。」

「原來如此，真是多禮呢。」

「我想在那個業界的人，就是必須這麼多禮和細心吧。」

原來如此，可能真的是這樣吧。

聽說演藝人員也是一樣，就算在電視上表現得很粗暴，到了後台只要放低身段、表現得謙和有禮，就會受到工作人員歡迎，工作也會比較多。

「對了，你剛才不是說『晚點再談』嗎？所以他還會再打來嗎？」

「是啊，他說想跟我好好談談有關秋人先生的事，所以問我晚上還能不能再打電話過來。我猜他大概是希望我在下次錄影之前，也先陪秋人先生去場勘，給他一些意見吧。」

「哇，看來第一集真的拍得很好囉。我好期待喔。」

「真的呢。」

我們望著對方，揚起微笑。

2

到了下個星期六。我們決定先去秋人先生下一集要拍攝的『東福寺』進行場勘，再前往他的親戚家。

「秋天絕對不要開車去東福寺喔。」

駕駛著JAGUAR公司車的福爾摩斯先生用強烈的口吻這麼說。

「…………」坐在副駕駛座的我以及坐在後座的秋人先生，忍不住面面相覷。

沒錯，我們在『藏』碰面之後，便從御池的地下停車場驅車前往東福寺。

「……是說，福爾摩斯，你講的話跟你做的事，沒有矛盾嗎？」

秋人先生稍微探出身子問，我也點點頭。

「是啊，我當然沒有打算直接去東福寺。前些日子秋人先生的姑姑特地來了『藏』一趟，把那間房子的鑰匙交給我。所以我打算先到她家把車停好，再從那裡走路去東福寺。」

「啊——原來是這麼回事。」秋人先生點點頭。

結果，福爾摩斯先生先讓我們在東福寺附近下車。

「我去停好車之後，就馬上來和兩位會合，請兩位先去吧。」福爾摩斯先生說完，就驅車前往秋人先生的姑姑家了。

「……該怎麼說呢，福爾摩斯真的很貼心呢。如果是我的話，一定會直接把車開到姑姑家，停好之後，再跟大家一起走過去。」

「就是啊。可能是因為福爾摩斯先生長期陪在老闆身邊的關係吧。」

「我也是這麼認為。話說回來，當老闆的跟班還真是辛苦呢。」

「因為他是個很愛自由的人啊。」

我們一邊這樣閒聊著，一邊走向東福寺的大門。

「對了，小葵，妳是第一次來東福寺嗎？」

秋人先生望著我，對我確認。這樣一看，我發現他好高，而且真的很帥。

（不過不知道為什麼，我對他完全沒有心動的感覺。）

「啊，是的。秋人先生呢？」

「我只有在小學的時候來過一次，所以細節差不多都忘光了。那我們先去看看有國寶之稱的『三門』吧。」

秋人先生輕鬆地這麼說，便先往前走去。

「這裡的三門雖然是國寶，但一定比不上南禪寺的三門吧。」

他把雙手交叉在後腦勺，同時自言自語地說。

南禪寺就是今天晚上秋人先生將在節目裡介紹的寺院。

聽說他和福爾摩斯先生一起去場勘過。

「南禪寺的三門真的那麼氣派嗎？」

「是啊，真的很震撼呢。咦，小葵，妳沒去過南禪寺喔？」

「是的，我還沒去過。」

「那妳一定要去。水路閣也非常棒喔。」

「我很想去看看。」

「不好意思啊，我竟然搶先小葵一步，跟福爾摩斯兩個人去了南禪寺。」

秋人先生帶著惡作劇般的笑容望著我，害我頓時面紅耳赤。

「你、你在說什麼啦！」

我瞪著呵呵賊笑的秋人先生，同時走過叫做六波羅門的入口，走進寺院境內。

「那就是三門……」

我抬頭仰望聳立在眼前的東福寺『三門』，忍不住發出驚嘆。

那是一座巨大的門樓，深褐色的屋頂與白色的牆壁形成對比，非常美麗，而且又高又寬，彷彿通往另一個世界的入口。

──太震撼了。這座門樓或許是我目前看過的門樓中最氣派的。

「好、好有魄力喔。南禪寺的三門比這個還要壯觀嗎？」

「這個嘛，南禪寺的三門很壯觀，不過這裡也很不錯。然而如果真要比較的話，我想還是南禪寺比較壯觀。」

「原來如此！南禪寺也很壯觀啊。」

秋人先生拿起手機，嘴裡一直喃喃自語著『好壯觀、好壯觀』，同時不停拍照。而我則站在稍遠處，眺望著三門。就在這個時候──

「──讓你們久等了。是說，你們還在這裡啊。」

背後傳來福爾摩斯先生的聲音，於是我們回過頭去。

「喔，福爾摩斯。南禪寺雖然也很氣派，不過這裡的三門也很棒呢。」

秋人先生這麼說，同時用手環住福爾摩斯先生的肩膀，表現出跟他很熟的樣子。

「畢竟這座三門據說是日本最古老的門樓，又被指定為國寶嘛。」

他一如往常地替我們說明，接著又說：

「不過這隻手就不需要了。」

福爾摩斯先生輕輕地撥開了秋人先生的手。

「啊，過分！」我看見他們的互動，忍不住笑了出來。

「真是的，你很冷淡耶。」秋人先生一臉無趣地咕噥著。

「欸，所以說這個三門比南禪寺還了不起嗎？」

他看似恢復了心情，仰頭看著巨大的門樓。

「……哪一扇門比較出色，其實是視個人喜好而異。但是有『京都三大門』之稱的，是南禪寺、知恩院以及東本願寺的門樓，很遺憾，東福寺的三門並沒有被列入其中。」

福爾摩斯先生這麼說，秋人先生驚訝地說：「真的假的？」我也忍不住驚嘆。

「但是，我認為一切端看每個人的心而定，它們並沒有優劣之分，各有其美好之處。」

福爾摩斯先生將手放在胸口，溫柔地微笑。

他的這番話讓我有點感動。

的確，包括等級高低、是不是人氣景點等等，世上有各式各樣的評斷方式，但其實最後都還是看『自己喜歡哪裡』啊。

而且就像福爾摩斯先生所說，看過了許多的神社佛閣之後，我也發現它們確實並沒有優劣之分，各自有各自的美好。

「……原來如此，女孩也是一樣呢。雖然每個人喜歡的類型不同，不過每個人都有自己的優點呢。」秋人先生深表認同地點頭，讓我不禁無言。

這個人真是……

「我們走吧。」福爾摩斯先生完全無視他，就這樣往前走去。我輕輕笑了出來，也趕緊跟上。

「喂，等一下啦。」

秋人先生也急忙追上來。我們就這樣直接前往本堂。

「建造東福寺的是『九条道家』，據說他想建造的是像奈良的東大寺一樣大、又像興福寺一樣香火鼎盛的寺院，因此從這兩大寺各取一個字，將它取名為『東福寺』。這裡曾經數次遭逢祝融之災，但又不斷重建，或許可以說它是一間深受人們喜愛的寺院呢。」

我一邊聽著福爾摩斯先生的說明，一邊對本堂中金色的美麗本尊釋迦三尊像合掌，欣賞過天花板上的蒼龍圖，我們接著便前往東福寺最著名的景點『通天橋』。

「我一直很期待去『TSUUTENBASHI』呢。」

秋人先生手裡拿著導覽手冊，看起來滿心期待。

「通天橋的發音是『TSUUTENKYOU』喔，你在電視上介紹的時候請留意。」

福爾摩斯先生嚴厲地指正他。

現在正是賞楓的時節，所以這裡相當熱鬧。

老實說，我其實沒有抱著太大的期待，就踏上了這座橋。

橫跨溪谷的『通天橋』，比想像中還要高。木造的橋廊匠心獨具，宛如一條穿過紅葉間的空中賞楓路線。

一條被鮮紅的紅葉包圍的通道。

豔麗的鮮紅——眼前的美景令人無法言語。

橋下的河面也佈滿了紅葉，此情此景彷彿奇蹟。

漂流在河面的紅葉。

——對了，我想起來了。

這間寺院就是和泉小姐和福爾摩斯先生的回憶之地。

和泉小姐正是在這裡，因為看見順著河水流過的紅葉而深深感動……

『千早神代時，猶未聞此事……』她吟出了在原業平這首詩的前半段，卻忘記了後半段。就在這個時候——

『紅葉隨風舞，赤染龍田川。』福爾摩斯先生立刻接著吟出了後半段。

嗯，真的會喜歡上對方呢。

在這麼美的地方，有像福爾摩斯先生這樣的人替自己接著吟詩，絕對會動心吧。

「……千早神代時，猶未聞此事，紅葉隨風舞，赤染龍田川……」

我俯瞰著被紅葉染成一片鮮紅的小河，脫口而出。

「這是在原業平的詩吧。」福爾摩斯先生從背後溫柔地說。

我嚇得肩膀顫了一下。

重點不是在原業平，這是福爾摩斯先生與和泉小姐的定情詩啊。

我只是想起了這件事，一不小心脫口而出，結果就被他聽見了。

福爾摩斯先生這麼敏銳，他應該發現我是因為想起和泉小姐，才吟出這首詩的吧。

怎麼辦，他說不定已經生氣了。

「呃，那個，對不起。我不小心想起來了。」

我縮著肩膀，老實對他說。福爾摩斯先生呵呵笑著說：

「沒關係。謝謝妳的體貼。」

……這樣啊。對福爾摩斯先生來說，那已經是過去的事情了。

原來我根本不用那麼敏感啊。

「如果是在原業平的詩，我有更喜歡的喔。」

「咦？」

聽見他一如往常出人意表的回答，我不自覺發出愚蠢的怪叫。

「就是『此心未曾有，因君始得悟，世人皆通曉，名之以戀慕』這首詩。」

這首詩很簡單，我也能理解其義。呃……

——因為你，讓我體會了這種心情。莫非這就是世人所說的『戀愛』嗎？

這是一首讓人怦然心動的情詩。

「福爾摩斯先生喜歡這首詩嗎？」

我感到有些意外，帶著疑惑的眼神望向他。福爾摩斯先生輕輕點頭。

「是啊，我很嚮往這種感覺呢。真希望有一天我也能體會這樣的心情……但我想一定沒辦法吧。」

他將右手靠在扶手上，眺望著遠處，彷彿自語似地說。

他的眼神滿是憂鬱。看著他的模樣，我覺得胸口一陣刺痛。

我想我能理解。

他對和泉小姐的感情，或許已經是過去式了。

可是，當初遭到背叛的衝擊，卻在福爾摩斯先生的心中留下陰影，殘留至今。

對於擅長看穿別人心思的福爾摩斯先生來說，自己的女朋友喜歡上別人，而且還跟對方發生關係，一定是個很大的打擊。

他曾經說過，當時因為衝擊、嫉妒以及不甘，他甚至想去鞍馬山出家。

想必他的自尊心一定為此粉碎了吧。

或許就是因為這樣——現在的福爾摩斯先生才會對『戀愛』產生抗拒吧。

「……我覺得我能理解。」

「咦？」

「我也是……雖然我已經完全放下克實了，但總覺得當時的傷還沒痊癒，所以沒有勇氣談下一場戀愛。」

因為福爾摩斯先生所說的話，我總算明白自己的想法了。

就算有心動的感覺，心情也無法更進一步，就是因為內心自動踩了煞車的緣故。

因為我再也不想受傷了。

「……希望我們兩個人的傷都能夠趕快痊癒。」

我緩緩將視線轉向他，福爾摩斯先生略顯訝異地睜大了雙眼。

「……說得也是哩。」他這麼說。

他那落寞的聲音，令人心痛。

我們就這樣不發一語地望著漂流在河面上的鮮紅楓葉。

——我的眼眶之所以熱熱的，一定是因為眼前的紅葉太美的關係。

「喔——小葵，妳怎麼眼眶泛淚啊？該不會是因為紅葉太美而深受感動吧？」

秋人先生開心地走向我，我趕緊用手背把眼淚擦掉。

「是、是的。這片美景真的很令人感動……假如我有朋友秋天要來京都，我一定要推薦他們來東福寺。」

我由衷地這麼說，秋人先生彷彿十分感佩地將雙手交叉在胸口。

「……『假如我有朋友秋天要來京都，我一定要推薦他們來東福寺』啊。真不錯，這句話我可以收下嗎？」

「咦？喔，請便。」

我一點頭，秋人先生就立刻從口袋裡拿出手機記下來。

看來他下次錄影的時候，會借用這句話吧。

話說回來，他其實卯足了勁呢。

我可以感受到他把一切都賭在這份工作上。

我們又在通天橋欣賞美景一陣子，又去參觀方丈的石庭，之後便離開了東福寺。

3

據說秋人先生的親戚家，從東福寺走路只要幾分鐘就到了。

「這麼說來，我長大之後好像就沒有來過姑姑家了呢。」

秋人先生邊走邊感慨地這麼說。

「他們家是什麼樣的建築呢？」

「是一棟洋房風格的建築。」

「像福爾摩斯先生家那樣嗎？」

「沒有那麼豪華啦，只是間小小的普通洋房。過了前面那個轉角就到了。」

走過轉角，一看見那棟洋房，我不由得張口結舌。

以大小來說，的確是一棟『小小的』洋房沒錯，但這棟洋房的外牆上爬滿了藤蔓，幾乎看不見牆壁，怎麼看都無法用『普通』洋房來形容。

「呃，秋人先生，是那棟房子沒錯吧？」

「啊，嗯，應該是吧。福爾摩斯的車也停在那裡。」

的確，家頭家的ＪＡＧＵＡＲ就停在那間房子前面。

「什麼叫做『應該是吧』？那不是你姑姑家嗎？」

我一頭霧水地問道，秋人先生表情頓時有些僵硬。

「不是啦，因為以前沒有那麼多藤蔓，所以我也嚇了一跳。這附近的小孩一定會說這間房子是『鬼屋』吧。」

「這很有特色，很棒啊。爬滿了藤蔓的房子，壁面不會直接照射到陽光，在夏天具有降溫的效果唷。」

福爾摩斯先生這麼說，接著從暗袋裡拿出了鑰匙。

那就是秋人先生的姑姑事前交給他的鑰匙。

「請問這間房子的瓦斯和自來水，都還能正常使用嗎？」

「是啊，據說姑姑十天前還住在這裡，裡面也尚有一些行李，瓦斯和自來水可以用到這個月底。」

喀嚓一聲，大門打開了。

寬廣的玄關有點陰暗，看不太清楚屋內的狀況。

福爾摩斯先生很快地打開靠近天花板的電源總開關，開啟玄關的燈。就在燈亮的同時，我看見放在鞋櫃上的三個古董人偶，頓時嚇了一跳。

「哇，嚇我一跳。」

「嗯，對啊，我也嚇了一跳。原來是人偶啊。」

「……哎呀，這可是『朱莫』的陶瓷人偶呢。」

其中有一個金髮、藍眼、陶瓷肌膚，身上穿著鮮紅色洋裝的娃娃。

福爾摩斯先生二話不說，立刻戴上黑手套。從他高昂的語調，可以感受到他的興奮。

「朱莫？」

「朱莫是法國知名的工房唷。他們把這人偶隨便放在玄關，我實在很驚訝，不過主人應該很珍惜它，它的狀態非常良好。」

他從口袋裡拿出筆記本，開始做筆記。大概是記錄著打算收購的金額吧。我偷瞄了一眼，只見他寫著『玄關的陶瓷人偶紅色洋裝一百五十萬』，我大吃一驚。

「一、一百五十萬？」

「是啊，我想這是一八五〇年代後期製作的。」

「欸，這樣說來，另外兩個人偶也價值一百五十萬嗎？」

秋人先生興致勃勃地探出身子，福爾摩斯先生卻搖了搖頭。

「不，旁邊那兩個是複製品，加起來大概只值三萬吧。」

「什麼嘛，原來這只是偶然遇到的寶物啊。」

「話雖如此，沉眠在這間房子裡的寶物，感覺會超乎想像呢。」

福爾摩斯先生眼睛發亮，興奮地從玄關望向屋內。

沒錯，這間房子裡塞滿了『舊東西』。

牆壁上掛著許多畫作，古董櫃上放著陶瓷花瓶。

天花板上吊著小型吊燈。

這間主人已經不在的房子，儼然成了古董的家。

「我會逐一進行鑑定，請兩位先把房子整理得舒適一點。」

福爾摩斯先生用強調的語氣這麼說，我們異口同聲地回答：「是！」

話雖如此，這間屋子只是東西多了點，房間其實都打理得很整齊。

看來大概只需要做我最擅長的工作——撢灰塵就夠了吧。

我想讓屋裡通風，一打開客廳的窗戶，便看見外面有個院子。雖然不大，但如果想當作菜園也已綽綽有餘。

哇，有院子耶，真好。因為我以前在埼玉是住大廈，現在的家，門口也只勉強有個停車場，沒有院子。這棟屋子外牆爬滿藤蔓，感覺很難照顧，讓人敬而遠之，但這種大小的洋房，加上如此大小的院子真的很棒。儘管不大，感覺卻像專屬於自己的城堡。

有一天等我結婚了，我也想住在這種……正當我天馬行空地幻想之時，福爾摩斯先生的身影突然浮現腦海，我立刻甩了甩頭。

「欸——福爾摩斯。」就在這時，秋人先生大聲喊道。

「你叫我們整理客廳，可是客廳已經很整齊了啊。」

「既然如此，那就請你去院子除草好了。」

「啊？為什麼要除草？」

「我已經取得屋主的同意，我今天晚上想在院子烤肉。」

聽見福爾摩斯先生手拿著筆記本，微笑著這麼說，我們異口同聲地高聲歡呼。

「真的嗎？烤肉？好，那院子就交給我吧！」

秋人先生像猴子一樣蹦蹦跳跳，欣喜若狂地跑向玄關。

他都是幾歲的人了，怎麼還這麼容易激動啊？

唉，不過他平常就是這個樣子啦。

「後車廂裡有很多東西，等院子整理好，就請開始準備吧。」

「喔，好。」

秋人先生乖乖地回答。

不知道為什麼，我突然覺得他這樣好可愛，忍不住笑了出來。

「葵小姐，那妳可以來幫我鑑定嗎？看來寶物似乎比想像中還多呢。」

「啊，好的。」

福爾摩斯先生從包包裡拿出一個夾著報告紙的板夾，並且遞給我。

「不好意思，麻煩妳幫我做筆記。」

「好的，我明白了。」我拿著筆，點點頭。

「那我要開始囉。」戴著手套的福爾摩斯先生輕觸櫃子上的古董檯燈。

「這是法國一個名叫『穆勒』的工房所製作的作品。燈罩有多層玻璃疊在一起，形成漸層的圖樣；青銅製的底座也充滿了設計感。」

福爾摩斯先生興奮地說，我也仔細端詳這個百合形狀的古董檯燈。

「好漂亮喔。」

我依然缺乏詞彙。但這是我由衷的感想。

這種檯燈好像會出現在法國別具特色的小旅館裡。

「麻煩妳幫我寫下『古董檯燈、穆勒、三十萬』好嗎？」

「好、好的。」

這、這竟然要價三十萬啊。雖然我已經某種程度漸漸習慣了，但還是會吃驚。

「旁邊的檯燈雖然也很有設計感，但這是現代的作品，並沒有古董的價值。我想秋人先生的姑丈收集的不止是具有價值的古董，只要是他喜歡的東西，也都會買來收藏吧。我認為這是一件相當美好的事。」

沒錯，就和剛才提到的神社佛閣一樣，世人往往流於追求等級或頭銜，認為『貴的東西就是好東西』。然而，我認為不要受限於這些外在條件，收藏真正吸引自己的東西，也是很棒的事。

「『藏』基本上大多是東洋的古董藝術品，現在看你鑑定西洋的古董，感覺很新鮮呢。」

「是啊，我因為受到老闆的影響，在西洋古董方面還稱不上專業。」

「啊，果然是這樣嗎？」

「對啊，尤其是『西洋繪畫』，更是困難。」

他拿起一個小東西，同時這麼說。

「原來福爾摩斯先生也有不擅長的領域啊。」我打從心底感嘆道。

「當然有啦。愈是像壺、茶杯這種立體的東西，就愈容易分辨真偽，因為可以輕易看出贗品特有的線條。而平面的東西，如果是日本畫、書法等等，由於我一直以來看過無數真品，因此某種程度上也可以嗅得出贗品的味道。

但是說到西洋繪畫，一來我的經驗還不夠，二來敵人也不是省油的燈……當時圓生如果是在西洋繪畫上動手腳，我就沒把握能看穿了。」

聽見福爾摩斯先生呢喃似地這麼說，我頓時心頭一震。

他在南禪寺遇見的那個天才仿製師・圓生的事，我已經聽說了。

他未來一定會再向福爾摩斯先生下戰帖吧。

「我也必須再更努力學習才行呢。」

福爾摩斯先生淡淡地說。我沉默不語。

他的口吻雖然很平靜，但充滿了魄力。我可以感受得到，福爾摩斯先生無論如何都不想輸給那個仿製師。

「……對了，葵小姐。」

「什麼事？」

「妳覺得我看起來像個『溫室裡的少爺』嗎？」

福爾摩斯先生一臉認真地問我。聽見這個想都沒想過的問題，我不禁高聲說：「什麼？」

可能是聽見了我們的對話吧，在院子裡除草的秋人先生噗哧一聲笑了出來。

「沒有，沒什麼，失禮了。接下來是這個哥本哈根的擺飾。」

「啊，好的。」

所以到底是怎麼一回事？

4

「真是的，福爾摩斯，原來你還在介意當時副住持說的話啊。」

整理好的院子裡放著長方形的火爐，炭火劈啪作響。

天色已經完全暗了下來，福爾摩斯帶來的提燈照亮了院子。

我坐在露營用的凳子上，帶著雀躍的心情接過了果汁，秋人先生則打開一罐啤酒，指著福爾摩斯先生，開心地笑著說。

「可以請你不要用手指著人嗎？」

福爾摩斯先生面不改色地從保鮮盒裡拿出肉片，整齊地排在烤網上。

福爾摩斯先生帶來的保鮮盒總共有五個，裡面分別裝著和牛、伊比利豬肉、香草雞肉和蔬菜，最後一個則是——

「我還做了飯糰來，請不用客氣。」

看見他手拿著保鮮盒，面帶微笑的完美模樣，我的表情瞬間凍結。

「福爾摩斯，你的『女子力』好高喔。」

秋人先生感慨萬千地說。我深表同感。

「我又不是『女子』。」

「喔，對啊，你是『溫室裡的少爺』嘛。」

秋人先生哈哈大笑，福爾摩斯先生罕見地露出不悅的表情。

雖說是罕見，不過他對秋人先生好像還滿常露出這種表情的。

「對了，『溫室裡的少爺』到底是什麼意思啊？」我疑惑地歪著頭問道。

「喔，妳問得好，小葵。」秋人先生誇張地探出身子。

「上次在南禪寺，福爾摩斯本來打算去追那個逃走的仿製師，結果副住持對這個傢伙說：『溫室裡的少爺不是他的對手』。當時他那張不甘願的笑臉，我到現在想起來都會發笑。」

秋人先生再次呵呵笑著說。福爾摩斯先生嘆了一口氣，彷彿打從心底感到無奈。

「是啊，我真的很不甘願。我有一個唯我獨尊的祖父，還有是個好人，但超級我行我素的爸爸，我要照顧他們兩個，又要管理房子和店面，有時候要當廚師，有時候要當司機，還要當搬運工、保鑣、翻譯，還有跑腿……真是的，世上哪來這種『溫室裡的少爺』哩。」

福爾摩斯先生烤著肉，同時噴發出暗黑氣息，我和秋人先生雙雙臉色發白。

「別、別在意啦，畢竟副住持也不知道福爾摩斯先生的辛苦之處嘛。」

我伸出手，試圖安慰他。

「不，他其實都知道。和圓生比起來，我確實是個在溫室裡長大的少爺。我最不甘心的，就是被他看穿了這一點。」

自從遇見圓生之後，他一定想了很多吧。

當時的那場對決，雖然毫無疑問是福爾摩斯先生獲勝了，但說不定他贏得遠比我們想像得還驚險。

「不曉得那位圓生先生，之前過著什麼樣的人生呢？」

「……這個嘛。以外表而言，他的左嘴角是上揚的。這樣的特徵通常會出現在情緒比較不穩定，感情起伏相對激烈的人身上。但是他和人說話時，眼睛會直視著對方，也不會吞吞吐吐，這表示他是懷抱自信的人。

我想，情緒不穩定應該是他幼時的經驗造成的，而他擁有的自信，則是他的才華帶給他的。

再來是他的模仿癖。他可能一直以來都很在意別人的眼光。我推測他的幼年時期也許過得並不順遂，靠著自己的才華，無論什麼事都做，好不容易存活至今。」

福爾摩斯先生連珠砲般地說：

「另外，一般人不太可能突然開始製作贗品，所以他身邊親近的人……我猜大概是他的父親吧，也許是個畫家。在他的影響之下，圓生也走上藝術這條路。發現圓生的才華、又推薦他製作贗品的，很可能就是他的父親。而他在達到仿製的巔峰之後，之所以決定出家，可能是因為他身邊的親人都已經不在，或是和他斷絕關係的緣故。」

聽見福爾摩斯先生說得如此鉅細靡遺，我們只能瞠目結舌。

他還是一樣令人驚訝。

「……怎麼了嗎？」

他一臉不解地看著我們。

「沒有，你真的是『福爾摩斯』呢。」

看見秋人先生傻眼地這麼說，我也附和了一聲「真的。」，並忍不住笑了出來。

5

在那之後，我們吃了飯糰以及美味的烤肉，圍著火爐，天南地北地閒聊，度過了一段愉快的時光。

不知不覺中，時間已經來到了二十二點五十分。

我們整理完之後，便趕忙跑到電視機前面集合。

因為秋人先生介紹京都的節目即將在五十五分開始。

我抱著膝蓋坐在電視機前，看著電視上的廣告，緊張得心跳加速。

明明不是自己的事情，卻這麼緊張！

畢竟這是我第一次看到認識的人上電視嘛。

「總、總覺得好緊張喔。」

「笨、笨蛋，我才緊張吧。」

秋人先生猛然轉過頭來，大聲地說，害我嚇了一大跳。

福爾摩斯先生噗哧一聲笑了出來。

「不過，秋人先生，這不是你第一次上電視吧？」

「雖然不是第一次，可是以前都只是鏡頭帶過一下而已，這可是我第一次當主角呢。」

就在這個時候，電視裡傳出背景音樂，畫面切換到紅葉的影像。

「……把古典樂改編成爵士風格的背景音樂，好好聽喔。」

「我、我就說吧。」秋人先生儘管一臉得意地點頭，但可能因為太緊張的緣故，顯得很不自然。

在熟悉的音樂聲中，畫面裡出現美麗的紅葉，接著鏡頭又緩緩帶到南禪寺的三門。

穿著和服的秋人先生就站在門樓前。他一身深灰色的和服非常典雅，不但讓他看起來更帥氣，同時也感覺不到平時的輕佻。

「哇，秋人先生穿和服耶！好適合你喔。」

聽見我這麼大聲說，秋人先生彷彿有點害臊地笑了笑。

「呃，對啊，因為是第一集嘛。」

『……南禪寺是日本所有禪寺當中，等級最高的寺院。當我看見這巨大的樓門時，只感受到一股無法言喻的震撼。到了秋天，這裡更是特別。請各位欣賞這美麗的紅葉。』

秋人先生抬頭看著紅葉，優雅地微笑。

接著，他登上三門的上層，京都的街道與紅葉佔滿了整個螢幕。

畫面非常美，就連門外漢如我，也看得出攝影師的功力。

『這座三門，因歌舞伎裡石川五右衛門在此說『絕景啊、絕景啊』而聞名，但事實上這座門樓是在石川五右衛門過世之後才建造的。即使如此，歌舞伎依然以此為背景，或許就是因為京都的人們認為從這裡看見的壯麗景色，具有一種浪漫吧。』秋人先生俯瞰著眼前的美景，熱切地這麼說。

『有明治時代的偉業之稱的水路閣……』

接著他又介紹了水路閣的美，最後——

『眾所皆知，南禪寺過去曾經出現過妖怪。當時的天皇因為妖怪之亂而傷透腦筋，於是拜託了東福寺的無關普門禪師前來除妖。

據說禪師來到南禪寺之後，只是過著和他在東福寺時一模一樣的生活，那些妖魔鬼怪就自動消失了。「妖不勝德」——他所說的這句話，真是一點也沒錯呢。下一集，我將帶各位前往東福寺。』

畫面從面帶微笑的秋人先生身上漸漸拉遠，在音樂聲中，節目就這麼結束了。

影像美得令人喘不過氣……

秋人先生也很厲害，成功地讓觀眾萌生很想去那裡走走的念頭。

……可是，他根本完全在模仿福爾摩斯先生嘛。

畫面一切換到廣告，我和福爾摩斯先生忍不住對望。

「……秋人先生，你根本就在模仿福爾摩斯先生嘛。」

「秋人先生，你把自己偽裝到這種地步，以後會吃苦頭喔。」

福爾摩斯先生接著說，秋人先生滿臉通紅地猛然站了起來。

「我、我才不會吃苦頭呢！身為一個演員，那是為了配合節目所展現的演技！」

「身為一個演員所展現的演技……你還真是會說話呢。」

福爾摩斯先生露出一抹意味深長的笑容。

「既然如此，那乾脆讓福爾摩斯先生去上電視不就好了嗎？反正福爾摩斯先生的帥度也不輸秋人先生。」

「喂、小葵！」

「不，我對上電視完全沒興趣。經過家祖父的那場騷動之後，我就發現自己不適合電視圈，而且我本來就不是喜歡拋頭露面的人。」

原來如此，像他這種觀察力敏銳的人，透過老闆接觸到電視界之後，大概立刻就察覺到自己不適合這種工作了吧。

「啊——剛剛太緊張了，我想去上廁所。廁所廁所。」

秋人先生伸著懶腰走出客廳。

……什麼『廁所廁所』啦，你好歹也是個帥哥演員呢。

秋人先生去廁所之後不久，屋裡的燈忽然熄滅了，房裡變得一片黑暗。

「咦？」

不只是變暗而已，因為遮光窗簾的效果，這已經是伸手不見五指的漆黑了。

「好像停電了呢。」

在一片漆黑當中，福爾摩斯先生冷靜地說。

「停、停電嗎？我們用了那麼多電嗎？」

「不知道耶。幸好剛才烤肉時用的提燈就在旁邊。」

福爾摩斯先生把電池式的提燈從地板上拿起來點亮。

就在下一秒鐘——

「哇啊啊啊啊啊啊啊啊啊！」

走廊上傳來一陣宛如裂帛的尖叫……那是秋人先生的慘叫。

客廳的門猛然打開。

「不、不好了！」

秋人先生滿臉驚慌地跑了進來。

「只不過是停電而已，你也太誇張了吧。」福爾摩斯先生貌似傻眼地嘆息。

「不過，在一間空屋裡上廁所時燈光突然熄滅，會嚇一跳也情有可原吧。」

「不、不是，不是的！我從廁所出來之後，看見走廊盡頭有個人偶朝我走過來，而且還發出尖銳的笑聲。」

秋人先生拚命擠出的話，讓我有點毛骨悚然。

「人、人偶？」

我和福爾摩斯先生看著對方。

「當你心裡一直覺得『好恐怖、好恐怖』的時候，就算是柳樹的葉子，也會看成鬼魂。一定是因為剛才突然停電，你覺得很害怕，所以才會以為人偶一邊笑著一邊走向你吧。」

「不、不是，怎麼可能。這和把柳樹看成鬼魂根本是兩回事！不然你自己來看看嘛！」

「不要。就算要看，也等我想上廁所的時候再順便去就好了。」

「可是我真的很想知道那到底是什麼啊！」

「所以我說我等一下再去看啊。」

「不要，請你現在就去看，拜託你，福爾摩斯先生。福爾摩斯禪師。」

秋人先生看著對自己完全不理不睬的福爾摩斯先生，跪在地上雙手合十。

「不，我才不是什麼禪師，我是溫室裡的少爺。」

福爾摩斯先生面帶笑容地說。

每次面對秋人先生，他『腹黑・壞心眼京都男孩』的一面都會發揮得比平常更淋漓盡致耶。

不過，這種話題說著說著……

「呃，不好意思……我也突然想上廁所了……」

雖然很難為情，但是在這種節骨眼上，一個人去實在太恐怖了。

我不好意思地低著頭小聲這麼說之後——

「我知道了。那我去看一下，秋人先生就待在這裡吧。」

福爾摩斯先生拿著提燈站了起來。

「啊，喂，你要把提燈帶走嗎？」

「當然啊。我會順便去確認總開關，請你在這裡等一下。」

「喔，好。」

「秋人先生，沒關係的。不怕不怕喔。」

福爾摩斯先生拍拍秋人先生的背。

「……喔，好。」

被他這樣半開玩笑地鼓勵，秋人先生露出非常複雜的表情，我忍不住笑了出來。

「那我們走吧，葵小姐。」

「好、好的。」於是我和福爾摩斯先生一起走出了客廳。月光從走廊的窗戶灑了進來，所以走廊比客廳要亮，讓我鬆了一口氣。

「總開關好像沒有什麼問題，可能是電線的關係吧。」

我們走到走廊上，福爾摩斯先生確認玄關上方的總開關，並這麼說。

「這樣啊……」

我不經意地把視線移向走廊，忽然看見一個人偶在地上，讓我嚇了一跳。

「福、福爾摩斯先生，人偶在那裡！」

秋人先生說的可能是真的！

「………」

福爾摩斯先生不發一語地拿起人偶。那是一個有著※『福助人偶』五官的男孩人偶。（編註：有著一張白色大臉，呈現恭敬跪姿的男性人偶，相傳能招來幸福。）

「啊，這是『機關人偶』啦。」

「機、機關人偶？」

「是的，所以就算它動了也不是什麼奇怪的事。妳不用害怕，請去廁所吧。我會在這裡等妳。」他露出溫柔的笑容。

因為那是機關人偶，所以就算動了也不奇怪，但是它為什麼會突然自己動起來呢？

這個疑問理所當然地浮現在我的腦海裡，但我想現在還是不要思考這個問題好了。

「那、那麼，不好意思，我去去就回。」我對他點點頭，便準備走進洗手台旁邊的廁間。就在這時——

「請用。黑漆漆的一定很可怕吧。」福爾摩斯先生把提燈遞給我。

「謝、謝謝你。」

福爾摩斯先生真的很體貼。

我拿著提燈，走進廁所，膽戰心驚地上完廁所，又在洗手台洗了手。

「——不好意思。謝謝。」

「那我們回去吧。」

就在福爾摩斯先生接過提燈的時候——

「哇啊啊啊啊啊啊啊啊啊！」

耳邊再次傳來秋人先生的慘叫。

又發生什麼事了嗎？

「福爾摩斯先生……」我感到全身僵硬。

「真是的，那傢伙……說不定很適合演驚悚劇呢。」

聽見福爾摩斯先生傻眼地這麼說，我稍微放鬆了些，恐懼的感覺好像也稍微緩解了一點。

「……秋人先生，你怎麼了？」

一打開客廳的門，只見秋人先生正緊緊抱著一個大布偶。

「……到底發生什麼事了？」

「出、出、出現了！一個白色的女人影子！突然出現，又突然消失了！」

秋人先生的聲音幾乎跟哭喊沒兩樣。

「咦？什麼？真的出現了嗎？」

「對啊，一個白色的影子！就在你們兩個走出去之後！」

——嗯？

就在我覺得哪裡不對勁的時候，二樓忽然傳來一陣腳步聲。秋人先生再次發出慘叫，我也嚇了一大跳。

為、為什麼空無一人的二樓會有腳步聲呢？

難道這裡真的是鬼屋嗎！

我還沒來得及感受到『恐怖』——

「不用害怕，沒事的。」

福爾摩斯先生立刻在我耳邊輕聲說，我大吃一驚。

——咦？果然有什麼地方不太對勁。

「這、這太奇怪了吧。」

我高聲說，他們兩個人帶著驚訝的表情看著我。

「我、我當然知道這很奇怪啊！這不就是鬧鬼嗎！」

秋人先生也尖聲說道。

「不，我不是那個意思。節目結束之後，秋人先生一去廁所就遇到停電；秋人先生走在走廊上的時候，機關人偶就開始走動……我和福爾摩斯先生一去走廊，客廳又出現白色的影子……」

簡直像故意只嚇秋人先生，而不讓我看到任何恐怖的東西一樣。

「我覺得這不是鬧鬼。」

「如、如果不是鬧鬼是什麼？」

秋人先生氣沖沖地說，看起來十分驚慌。

能做到這些事的……只有一個人。

我屏住氣息，轉頭注視著福爾摩斯先生。

「……這一連串奇怪的現象，都是你安排的吧，福爾摩斯先生？」

我用堅定的口吻這麼說。

客廳陷入寂靜。

一片沉默。

打破沉默的是秋人先生。

「妳、妳在說什麼啊，小葵。福爾摩斯怎麼可能安排鬧鬼？」

「對啊，我不知道他是用什麼方法安排的，但如果是福爾摩斯先生的話，這一切都是有可能做到的。」

我直視福爾摩斯先生。他看起來一臉平靜，我無法從他的表情看出他在想些什麼。

他事前已經向屋主拿到了鑰匙，也有可能先進屋子裡……

更重要的是，他刻意『不讓我看見』那些現象。

因為他不想嚇到我……

「可是，你為什麼要做這種事啦？」

秋人先生悲痛地大喊。

沒錯——就是這一點。他到底為什麼要做這種事呢？

就在這個時候，福爾摩斯先生笑了出來，開始鼓掌。

「葵小姐，妳太了不起了。而我也太天真了。或許應該說，因為有女孩子在場，我實在沒辦法變得冷酷，所以才會露出破綻吧。」

果然，這些鬧鬼的現象都是福爾摩斯先生一手安排的。

「什、什麼嘛，真的假的啦，福爾摩斯。你為什麼要做這種事？原來你這麼討厭我嗎？」秋人先生淚眼汪汪地說。

從各方面來看，他都太可憐了。

「沒有，怎麼可能。如果我討厭你，想要欺負你，才不會用這麼麻煩的方法呢。我會用更簡單、更惡劣，而且更殘酷的方法。這次雖然都是我安排的，但我並不是主嫌。」

他輕描淡寫地說。言詞間偷偷藏著一些很嚇人的話。

先不管這個，這一切都是福爾摩斯先生安排的，但他卻不是主嫌？

「咦，也就是說，還有幕後主使者囉？」

「是的，沒錯。是某人拜託我這麼做的。」

……某人拜託他？

一瞬間，我恍然大悟。

對了，當時打來『藏』的那通電話。

說他晚一點還會再打給福爾摩斯先生的那個人，就是……

「所謂的幕後主使者，該不會是秋人先生的經紀人吧？」

我輕聲問道，福爾摩斯先生點頭。

「──沒錯，就是他。那天他是這麼說的。

『節目裡的秋人真的非常棒，但那很明顯是模仿別人，完全沒有展現出他本人的特色──即使確實很適合那個節目的調性。儘管如此，萬一秋人那種品行端正的形象深植在觀眾的腦海裡，他之後一定會吃苦頭。

所以，我想讓觀眾看見秋人的本性。我想讓電視機前的觀眾們知道，在那個節目裡優雅地介紹京都的梶原秋人，其實是這樣的傢伙。所以我想拜託你幫忙。』」

聽福爾摩斯先生說出真相之後，我們忍不住屏息。

「咦，所以……該不會……」

「不會吧？」

我和秋人先生不由自主地環視整間屋子。

「是的，正如你所推測的，這是電視台的整人節目。順帶一提，經紀人說這應該會用在年底的特別節目上。啊，節目裡會幫我們圈外人的臉打上馬賽克，所以請不用擔心。」

福爾摩斯先生若無其事地說，我們兩人頓時張口結舌。

「什、什麼嘛。所以我剛才那些丟臉的模樣，之後會公諸於世嗎？」

秋人先生驚訝地說，福爾摩斯先生點點頭。

「是啊，剛才的慘叫實在太棒了，說不定你會接到很多新的工作呢。」

「所以有工作人員躲在哪裡待命嗎？」

我驚覺到這一點，抬起頭四處張望。

「不，經紀人說，他們沒辦法花這麼多錢在剛出道的秋人先生身上，所以他們只有先來設置隱藏式攝影機而已。後續都是由我操作。」

「哼——」

秋人先生對於『沒辦法花這麼多錢』這句話顯得不太高興，但看來鬆了一口氣，用力坐在沙發上。

「啊——不過，我也總算鬆了一口氣。既然已經破梗了，你應該不會再嚇我了吧？」

「是啊，其實我本來還準備了人偶從天花板掉下來的機關以及小孩哭聲的音效，但現在既然已經破梗了，這些就用不上了。

雖然有點可惜，但因為你的反應非常棒，相信經紀人一定也會很滿意的。你有一位很好的搭檔呢。」

福爾摩斯先生揚起一抹柔和的微笑。

「是、是啦。」

就在這一瞬間，耳邊忽然傳來『咚——咚——』的敲鐘聲，讓我們嚇了一跳。

「欸，福爾摩斯，你不要再嚇人了啦！」

「就是說啊。」

我們兩人怒氣沖沖地高聲說道，但福爾摩斯先生搖搖頭。

「不，這不是我安排的。」

「咦？」

我和秋人先生異口同聲地驚呼。

「這是東福寺的『深夜送別鐘』。」福爾摩斯先生微笑著說。

「深夜送別鐘？」

「對啊。東福寺每天晚上十一點四十五分左右，都會敲鐘十八下喔。」

「這、這麼晚？」

「是的。這個深夜送別鐘，據說是他們開山以來的習慣。當時的住持圓爾同時也是建仁寺的住持，當他結束在東福寺的工作之後，便會移動到建仁寺。當時，東福寺便用『送別鐘』替他送行，而建仁寺則用『迎接鐘』迎接他。經過了七五〇年……東福寺依然延續著這個習慣唷。」

鐘聲『咚——咚——』地響著。

明明不是除夕夜，卻能在深夜時分聽見這樣的鐘聲，真是令人難以置信。

而且每天晚上都會敲鐘……不過，這是這塊土地上流傳了七五〇年的習慣。

我覺得能像這樣維護傳統的京都真的很棒，我也希望這個習慣能繼續流傳下去。

出乎意料地接觸到在這塊土地上流傳已久的傳統，我覺得胸口湧起一陣溫熱。

「既然我的任務已經結束了，我們再乾杯一次，預祝秋人先生未來順利成功吧。」

在提燈的亮光下，福爾摩斯先生在杯裡倒了紅酒和果汁。

「好、好啊。」

「好，那我們再乾杯一次吧。」

我們三人各自拿起杯子。

「預祝秋人先生順利成功……乾杯！」

我們在鐘聲的陪伴下舉杯。

將住持從東福寺送到建仁寺的送別鐘聲，彷彿暗示著秋人先生即將前往嶄新的世界。

東福寺的鐘聲在敲響十八下之後就停了下來，我們相視而笑。

「哎呀——話說回來，我真的快嚇死了呢，小葵。」

秋人先生把紅酒一飲而盡，笑著這麼說，我也點點頭。

「聽見二樓傳來腳步聲的時候，我真的毛骨悚然。真相大白之後，我才想到二樓可能有工作人員。」

聽見我們興高采烈地這麼說，福爾摩斯先生轉過頭來。

「啊，其實我沒有安排二樓的腳步聲喔。」

「咦？」

「也許是人為的鬧鬼現象，刺激了某些『不是人的東西』呢。」

「什、什麼？」

「不過，既然東福寺的前住持，也就是趕走南禪寺妖怪的無關普門曾經說過『妖不勝德』，那麼只要抱著這樣的心態，應該就不會有問題了吧。」

福爾摩斯先生把手放在胸口，面露微笑地說。我和秋人先生望了對方一眼之後，便「哇啊啊啊啊啊啊啊啊！」地雙雙發出慘叫。

那是一個令人難忘的漫漫秋夜。

終章　『迷惘與頓悟』

——我們必須知道，我們能討論的，只有那些一下就被看穿的劣質贗品。因為製作精良的贗品，直到現在都還掛在牆上。

泰奧多爾・盧梭

1

十月下旬，秋意愈來愈濃。

今天古董店『藏』的店裡，一樣播放著輕柔的爵士樂。藝術之秋。這麼說來，『藏』實在適合秋天。

順帶一提，我身邊的朋友們已經跳過秋天，開始為了活動密集的冬天而忙碌。

一想到班上同學的邀約，我忍不住鬱悶地嘆了一口氣。

「——怎麼了嗎？」

本來在記帳的福爾摩斯先生似乎有些擔憂地看著我。

「啊，沒有啦，那個……福爾摩斯先生，你參加過聯誼嗎？」

「聯誼？」

聽見我沒頭沒腦的問題，連福爾摩斯先生也困惑地睜大了眼睛。

「我當了五年大學生，當然參加過聯誼。莫非有人邀請妳去聯誼嗎？」他帶著如常的笑容回話。

「是啊，我們班的同學一直約我去聯誼，因為人數還差一個人。聽說對方是大學生。」

「……大學生。」福爾摩斯先生皺起眉頭。

「大學生真的會想和高中生聯誼嗎？」

大學裡明明就有一大堆漂亮的女大學生，他們不會覺得高中生很幼稚嗎？

「嗯，也許有些男生比較喜歡單純的女孩子吧。不過，會特地想和『高中女生』聯誼的男生，大多是覺得『因為對方是高中生，所以可以為所欲為』的傢伙，因此請務必小心一點。」

福爾摩斯先生以冷淡的語氣這麼說，我有點吃驚。

他很少用這種口氣說話。

我想他一定很擔心我吧。

可是我卻覺得很好笑，所以忍不住噗哧一聲笑了出來。

「有什麼好笑的嗎？」

「你不用那麼擔心我啦。像我這麼平凡的女高中生，只是去當綠葉的，根本沒有人會理我。約我去的那些同學全都很漂亮喔。」

我笑著這麼說，福爾摩斯先生卻輕輕嘆了一口氣。

「原來如此。沒有自覺這件事，是一種武器，也是一種罪過呢。」

「什麼？」

「沒有，不好意思。可能我的措辭不太好。」

福爾摩斯先生露出反省的神色，胡亂地抓了抓自己的頭髮。

「不會不會，謝謝你這麼擔心我。不過我不會有事的。」

「不會有事……嗎？」

福爾摩斯先生露出有些複雜的表情，用手托著腮幫子。

不過，『想和女高中生聯誼』的大學生，可能真的覺得女高中生比較好騙也說不定。

像我這種不會打扮的女高中生，可能真的也必須小心點。但我本來就對聯誼沒什麼興趣，是不是推掉比較好呢？

物。

我兀自點著頭，就在這時，我發現福爾摩斯先生正帶著憂鬱的眼神注視著某他的手上拿著一張像卡片的東西。

「──那是什麼？」

我走近之後，福爾摩斯先生說：「喔，妳說這個嗎？」就在他抬起頭看向我的時候，店門突然打開了。

「嗨，福爾摩斯，小葵！」

秋人先生帶著滿臉笑容走了進來。

「……怎麼又是你啊。另外，你不能更安靜地進來嗎？」

福爾摩斯先生有點無奈地說。

「欸──福爾摩斯。」

秋人先生彷彿對他的話充耳不聞，直接走到沙發坐下來，並開始說話。

福爾摩斯先生毫不掩飾地顯露不悅的表情，害我差點笑出來。

福爾摩斯先生和秋人先生，好像已經成為一對好搭檔了呢。

「……什麼事？」

「你知道鈴蟲寺嗎？」

聽見秋人先生眼睛發亮地這麼問，我疑惑地反問：「鈴蟲寺？」

原來有寺院的名字這麼可愛啊。

「是啊，因為一整年都能聽見鈴蟲的蟲鳴聲，所以大家都暱稱它為※『鈴蟲寺』，不過它的正式名稱是『華嚴寺』，那是一間供奉地藏菩薩，以『一願成就』聞名的寺院。」（譯註：Homoeogryllus Japonicus，亦稱日本鐘蟋。）

福爾摩斯先生一如往常不假思索地說明。

「一願成就？」

我再次歪著頭表示不解。福爾摩斯先生點點頭。

「那間寺院最有名的，就是能夠幫助人們實現『一個願望』。」

「只有一個願望嗎？」

我驚訝地說。秋人先生立刻探出身子。

「你去過嗎？」

「我國中的時候和朋友去過。」

「那你的願望實現了嗎？」

「……是，我考上了自己最想上的高中。」

福爾摩斯先生回想一下之後這麼說。

「果然會實現啊！鈴蟲寺超厲害的！」

秋人先生緊握拳頭。

……問題是，福爾摩斯先生就算不用特地去向地藏菩薩許願，也一定能考上心目中理想的學校吧？——我偷偷在心裡這麼想。

「你就是來問我這件事的嗎？」

「不是啦，福爾摩斯，我們一起去鈴蟲寺嘛！我有一個想要實現的願望耶。」

看見秋人先生雙眼發亮地這麼說，福爾摩斯先生一臉興趣缺缺地瞇起眼。

「你自己一個人去不就好了嗎？」

「咦——你都沒有想實現的願望嗎？走嘛——欸，小葵也想去對吧？那間寺院可以幫我們實現一個願望耶，妳應該有興趣吧？」

突然被他點到名，我雖然嚇了一跳，但也用力點頭。

「我、我有興趣！」

雖然我現在一時想不到有什麼特別想實現的『願望』，但我很有興趣。

於是福爾摩斯先生嘆了一口氣，似乎相當無奈的樣子。

「既然葵小姐也說想去，那我們就去吧。下個星期日怎麼樣？」

「下個星期日？也太突然了吧。而且非得指定那一天不可嗎？是不是又是那種模式啊？」

秋人先生慌忙地從口袋裡拿出手機，確認了一下行事曆。

「是啊，那天下午我剛好有事要去嵐山一趟。」

「是什麼事呢？」

「就是這個。」福爾摩斯先生把他剛才拿在手上的那張卡片給我看。

那張卡片看起來是一張邀請函。

上面寫著『柳原重敏慶生會』。

「……柳原重敏，就是那位柳原老師嗎？」

他是老闆的老朋友，跟老闆一樣是知名的鑑定師。

對了，他也有出席老闆的慶生會。

「是的，據說他要舉辦八十歲的慶生會。因為家祖父那時正好有工作要去中國，所以我必須代替他出席。」福爾摩斯先生聳聳肩。

看來他好像不太感興趣。

（……呃，不過這也是理所當然的啦。）

「慶生會從下午兩點開始，所以我們一大早先去鈴蟲寺，接著去嵐山觀光，之後再一起去參加慶生會吧。」

福爾摩斯先生笑著說。

「啊？如果是老闆就算了，其他老頭的慶生會我才沒興趣，也一點都不想參加！福爾摩斯，你是不是因為自己一個人去很無聊，所以才想把我們一起拖下水啊。」秋人先生大聲地說。

……他真是個有話直說的人呢。

「柳原老師的府上在天龍寺附近，是一棟非常漂亮的日式建築。柳原老師也是知名的鑑定師，我想一定會有各界名人出席唷。」

「這樣啊，沒辦法，我只好勉強陪你去參加一下囉。」

「……你的立場明明是有事要拜託我，為什麼還擺出這麼高的姿態呢？你不去也沒有關係啊。」福爾摩斯先生冷冷地這麼說，同時撇過頭去。

「啊，沒有，我想去，拜託你，福爾摩斯禪師。」

秋人先生一副緊張兮兮的模樣，彷彿膜拜似地雙手合掌。

看見他們兩個一如往常的互動，我在一旁竊笑。

秋人先生想說的真的只有這件事嗎？

「哎呀，太好了，星期日我正好沒事耶，真是奇蹟。最近我工作忙得要死，我現在要去開會了，那就先這樣囉。」

秋人先生連珠砲似地這麼說，接著便慌慌張張地離開了。

「……結果我連一杯咖啡都來不及沖給秋人先生喝呢。」

秋人先生離開之後，正準備去泡咖啡的福爾摩斯先生苦笑著說。

「真的。」

「既然如此，那我們就休息一下吧。我去泡咖啡。」

「好的。」

我隔著櫃檯在福爾摩斯先生的對面坐下，喝了一口他幫我泡的咖啡歐蕾。眼前是福爾摩斯先生優雅地啜飲咖啡的模樣。

……手指好修長。而且他的睫毛也好長喔……我忍不住觀察起他。

「怎麼了嗎？」

福爾摩斯先生察覺我的視線，突然抬起頭來，我頓時有些驚慌失措。

「啊，秋人先生看起來好像很順利呢。工作好像也很忙的樣子。」

沒錯，他剛才說他最近行程很滿。

「不，如果他真的那麼順利，就不會刻意表現出『好像很忙的樣子』。他的工作雖然愈來愈順利，但目前狀態還是相當不穩定，他非常擔心自己的未來。正因如此，他才會想去鈴蟲寺許願吧。」

福爾摩斯先生冷靜地這麼說。不知道是否該說還是老樣子——總之他的觀察力依舊很敏銳。

「……鈴蟲寺很有名嗎？我完全沒聽過耶。」

「它或許算是一間比較小眾的寺院吧。」

「福爾摩斯先生只有國中的時候去過一次而已嗎？」

「是啊。」

「鈴蟲寺的特色是『一願成就』，是不是代表只能實現一個願望？」所以福爾摩斯先生才會再也沒去過？

「並不是一生只能許一次願喔。只要在鈴蟲寺買一個護身符，向地藏菩薩許願，等願望實現之後，再回來寺院還願，歸還護身符後，再買一個新的護身符，就可以許新的願望了。據說許多人都會這麼做……回想起來，我也沒有親自去還願呢。當時我只是把護身符寄回寺院而已。」

「用寄的也可以嗎？」

「對啊，畢竟也有人從外地來。只不過，據說也有很多住在外地的人，千里迢迢來還願好幾次呢。」

「那就表示大家的願望都有實現囉。好厲害喔，我開始期待了呢。」我這麼說，同時瞥了福爾摩斯先生一眼。

他還是一臉淡然。

「福爾摩斯先生好像沒什麼興趣耶，你沒有願望想去鈴蟲寺許願嗎？應該至少會有一個吧？」

我提出這個單純的疑問，福爾摩斯先生卻突然皺起了眉頭。

「——這個哩。」

「咦？」

「呃，問題在於只能實現『一個願望』。因為我是個貪心的人，願望是有很多，但卻沒有『一個』特別想實現的。我國中的時候，也是考慮了很久，最後才許下『希望能考上心目中理想的學校』這個最保險的願望。」

「……喔，原來如此。要挑出『一個願望』，或許意外地很難呢。」

從這個角度來看，像秋人先生那麼明確的人，說不定還比較好。

他的願望一定是希望能在演藝圈大紅大紫之類的吧。

——如果只能實現一個願望。

那我會許什麼願望呢？

就在我認真沉思的時候——

「現在我心中的確有一個最大的願望，但我覺得那並不應該靠求神拜佛來實現。」福爾摩斯先生這麼說，我訝異地抬起頭。

「那個願望是什麼？」

「我希望下一次可以確確實實地『打敗圓生』。如果要問我想不想藉助地藏菩薩的力量，我覺得我不想。」

「啊，我懂。福爾摩斯先生真的超級不服輸呢。」

我輕輕笑了出來。福爾摩斯先生也微笑著點點頭。

「是啊，雖然很少人會這麼說我，但其實我非常不服輸。」

「我早就知道了。而且你很固執，可是又很率直。你還有和平常的你截然不同的一面對吧。不過我覺得那一面也很棒。」

聽見我感慨地這麼說，福爾摩斯先生露出了略顯詫異的神情。

「啊，對不起。我不小心說了一些沒禮貌的話。」

「不，謝謝妳。」

「咦？」為什麼要對我道謝？

「妳說得沒錯。我很不服輸，又很固執……而且擁有和平常表現出來的我截然不同的一面，是個人前人後不一的人。先不管表面，我不為人知的那一面，從來沒有被人誇獎過呢。」

福爾摩斯先生淡淡地這麼說。

「對我來說，不管哪一面，都是福爾摩斯先生啊。」

聽我這麼說，福爾摩斯先生沒有說話，只用微笑回答我。

2

到了星期日。

我們早上八點就坐在福爾摩斯先生開的車上，前往鈴蟲寺。

「——我們好早出發喔。」儘管已經出發了，坐在副駕駛座上的我仍這麼說。

「葵小姐，太小看鈴蟲寺，後果可是不堪設想唷。」

福爾摩斯先生壓低聲音說。

「那個寺院這麼受歡迎嗎？」

坐在後座的秋人先生探出身子。

「對啊，像黃金週的時候，還是絕對別去比較好。排隊至少要排三個小時喔。」

「三、三個小時？」我們異口同聲地驚呼。

「如果要去的話，就要挑淡季的平日。像現在這種賞楓季節的星期日，如果可以，我其實也很想避開；就算萬不得已，至少也要一大早就出發，或許還勉強可以接受。」

聽他這麼說，我和秋人先生不禁面面相覷——真的有那麼誇張嗎？在寺院裡還要排隊，到底是什麼樣的狀況呢？是像除夕夜的新年參拜那樣嗎？我不由得一頭霧水。

「不過，這就表示那間寺院很靈對吧？」

秋人先生揚起嘴角。

「——嗯，或許該說是口耳相傳吧。而且據說參拜的人愈多，神社佛寺的能量就會愈強呢。」

福爾摩斯先生點點頭，爽快地說。

「好，我梶原秋人，二十五歲，準備大展身手！」

看著握緊拳頭的秋人先生，福爾摩斯先生「嗯？」了一聲，皺起眉頭。

「秋人先生才二十五歲嗎？」

「嗯，對啊，怎麼了嗎？」秋人先生不解地高聲說。

「因為你叫做『秋人』，所以我以為你是秋天出生的。」

這麼說來，我們第一次見到秋人是七月上旬的事，當時他說他二十五歲。因為他叫『秋人』，我也一直以為他的生日是九月或十月。

「不，我的生日是六月三十日。」

秋人先生乾脆地說。「咦？」我不由自主地回過頭。

「那、那你為什麼會叫『秋人』呢？」

這時，福爾摩斯先生似乎立刻察覺了，點點頭說：

「原來如此。你是在秋天孕育的生命吧。」

「就是這麼一回事。據說媽媽是在秋天懷了我。」

「我本來以為你的名字很直接了當，沒想到竟然藏有大人的幽默啊。」

「呃——我老爸就是這樣的人吧？不過你竟然能夠馬上察覺，真不愧是福爾摩斯。你一定很悶騷吧。」秋人先生笑著說，福爾摩斯先生也揚起微笑。

「請不要講得這麼難聽，可以請你說我很『紳士』嗎？我和你這種沒有節操、總是對人性騷擾，幾乎跟動物沒兩樣的人不同。」

「幹嘛把人講得那麼難聽！」

「那是我該說的台詞吧。」

怎、怎麼辦，我現在不知道該不該笑。

就在我面無表情，滿臉通紅，不知該做出什麼反應的時候——

「——哎呀，真是失禮了。我們快到了唷。」

車子已經開到嵐山的深處，從這裡可以看見松尾大社的招牌以及紅色的巨大鳥居。

「這是我第一次來松尾大社，這裡也好壯觀喔。」

我趴在車窗邊，看著窗外的景色，同時這麼說。福爾摩斯先生頷首。

「這裡也是一間歷史悠久、等級很高的神社呢。」

「所謂等級很高，到底有多高呢？」

「你問我多高，我也沒辦法回答啊……從平安京遷都之後，這間神社就和東邊的賀茂神社並稱為『東嚴神、西猛靈』，人們認為它是西邊鎮守王城的神社。」

「哇——總之我先記下來。」秋人先生立刻拿出手機。

「對了，賀茂神社是指？」我抬起頭問道。

「就是上賀茂神社、下鴨神社這兩個神社的合稱。」

「哇──原來如此。呃，平安遷都後，賀茂神社……唔，在車上用手機打字，好想吐。」

秋人先生滿臉發白地摀住嘴巴。

「……………」

我和福爾摩斯先生無言地對望了一眼，接著笑了出來。

車子開進了鈴蟲寺的停車場。

「還好現在還滿空的。」

福爾摩斯先生鬆了一口氣這麼說。

這裡的停車場很大，但已經有一半以上的位置都停滿了。

下車之後，這段走到寺院之前的路，真的有『在深山裡』的感覺。

樹木的葉子已經染紅。我們走過一條橫跨小溪的橋，再往前走一點，便看見了寫著『鈴蟲寺』這幾個字的石碑和階梯。

石階上已經排了很多人，長長的階梯已經有一半都被排隊的人填滿。

順帶一提，現在才八點三十五分。寺院的門都還沒開呢。

……沒想到一大早就有這麼多人排隊。

「啊，今天人這麼少，我們真是幸運呢。照這樣看來，說不定我們第一場就能擠進去了。」福爾摩斯先生再次鬆了一口氣。

「咦，這樣叫人很少喔？」秋人先生毫不掩飾地皺起眉頭。

其實我也有同感。

「是啊，人多的時候，不要說這條石階了，甚至會排到小河的另一頭，一直延伸到停車場那邊呢。」福爾摩斯先生指著遙遠的另一頭說，我和秋人先生頓時啞口無言。

「對、對了，你剛才說的『第一場』是什麼意思呢？」

「就是在寺院的大廳聽住持演講。他會告訴我們一些有用的知識，也會詳細地說明怎麼用護身符許願，大概會花三十分鐘左右吧？」

「所以說，如果不聽他講，就不能買護身符嗎？」

「對呀，就是這樣。」

「真是的，如果一場說明就要三十分鐘，那當然必須等好幾個小時啊。幹嘛用講的，發說明書不就好了嗎！」秋人先生不服地大聲說。

「……抱著這種心態的人，願望應該不會實現吧？你剛才大聲說的話，上面的地藏菩薩一定都聽見了吧。」

福爾摩斯先生滿臉遺憾地看著階梯。

「啊——剛才講的不算。我會心懷感激地認真聽講的。對不起，地藏菩薩。」

秋人先生趕緊合掌，周圍的人紛紛發出竊笑。

「欸，那個人是不是介紹京都的那個節目的主持人啊？」

「不會吧，雖然很像，可是氣質完全不一樣啊。電視上的那個人看起來很有學問，又很穩重的感覺。」

「沒錯沒錯，不過那兩個人都好帥喔。」

我聽見旁邊有人這麼竊竊私語。

嗯——其實他就是本人耶……只不過電視上的他在模仿福爾摩斯先生就是了。

我在心裡喃喃自語。

「不過，再過不久，他的假面具就會被揭開了。」

福爾摩斯先生脫口這麼說，害我不小心笑了出來。

沒錯，那個整人節目下個月就要播出了。目前還假裝品行端正的秋人先生，本性就快要顯露出來了。

「啊——事到如今，我反而想趕快脫下這個假面具呢。要是下了節目還被要求當個『像福爾摩斯一樣的男子』，我可吃不消。」秋人先生垂下了雙肩。

「所以我當初不是說你以後會吃苦頭嗎？」

「吵、吵死了，這種事應該在錄影之前告訴我啊。」

「因為我完全沒料到你竟然會東施效顰啊。」

「什、什麼叫東施效顰啦。」

多虧他們兩人愉快（？）的對話，時間過得很快，一下子就來到寺院開門的時間。

這個時候，我們後面已經排了長長的人龍，我這才體認福爾摩斯先生說的一點也不誇張。

原來鈴蟲寺這麼受歡迎啊……

我戰戰兢兢地爬上樓梯，看見一尊地藏菩薩。

地藏菩薩的胸前掛著紅色的圍兜，手上拿著類似柱杖的東西。

地藏菩薩的前方有柵欄隔著，不能靠近。

「那就是『幸福地藏』。我們聽完住持講話之後，再來好好地參拜吧。」

福爾摩斯先生這麼說，同時對地藏菩薩雙手合十。我們也跟著他一起合掌，接著直接進入了寺院境內。

「早安。這邊請。」寺院裡有專門負責引導的和尚。

我們付了參拜費，便脫下鞋子踏入寺院，走進鋪著榻榻米的大廳。

大廳裡不斷傳來鈴蟲的鳴聲。我看見牆角放著類似水槽的東西，可能就是用來飼養鈴蟲的吧。

一整排的長桌上，放著許多茶杯和茶點。

「請各位坐下。麻煩盡量坐擠一點喔。」

負責引導的一名女性這麼說，於是我們三人便席地而坐。

過了不久，大廳已經擠滿了人。工作人員關上紙門。

「各位早。大家可以不用跪坐無妨。」一邊這麼說，一邊走上台的，是一位臉上掛著親切笑容的和尚。

他先向大家打招呼，接著說明鈴蟲寺『能實現任何願望』的護身符──『幸福御守』。那個長方形的護身符，大小比名片小一圈；在黃色的底色上，用紅字寫著『幸福御守』四個字。

「這裡面裝著地藏菩薩，地藏菩薩的頭，剛好位在幸福的『幸』字這裡哩。

所以等一下各位到地藏菩薩面前之後，就請用雙手挾著護身符，把這個『幸』字露出來；一定要告訴地藏菩薩你的住址和名字，還有你想許的一個願望哩。不需要唸出聲，不過哩，假如你想讓大家聽到，也沒關係哩。

再來，為什麼必須說住址呢？因為這裡的地藏菩薩，是唯一穿著草鞋的地藏菩薩哩，祂會親自前往許願的人家裡，替他們實現願望哩。所以你必須告訴祂你的住址，不過郵遞區號就不必了咧。」

聽著和尚輕鬆活潑的說明，全場發出爆笑。

「有很多人來這間寺院許願哩。要許什麼願望，當然都是個人的自由，不過例如你想結婚的話哩，我建議你還是許願『希望能遇到一個適合自己的人』比較好哩。

如果是『想跟偶像明星誰誰誰結婚』，那就不太可能了哩。畢竟也要考慮到對方的心情咩，『適合自己的人』才是最重要的哩。

另外，許下的願望也不可以一直改來改去哩。有許多人跑來說：『師父，我剛才許的願望可以取消嗎？』那可不關我的事哩。請各位仔細想清楚之後再許願唄。

還有，想懷孕的夫妻，必須夫妻一起許下相同的願望才行。如果只有太太拚命地祈禱『希望能懷孕』，結果旁邊的先生卻祈禱『希望可以中秋季大樂透』，那可就沒用哩。」

他趣味橫生的口才，惹得現場屢屢哄堂大笑。

這位和尚宛如脫口秀一般的口才，令我由衷佩服，甚至感到驚訝。

「最後，既然要許願，就請各位許一個讓自己和別人都能得到幸福的願望唄。想要陷害別人的願望，會把你這一生辛辛苦苦累積的『德』消耗殆盡。怨恨別人、嫉妒別人、陷害別人，都會折損自己的『德』、『運』和『幸福』，所以請各位許一個讓自己幸福的願望就好哩。」和尚這麼說。

……原來如此啊。我打從心底感到認同。

「趁著這個機會，我也要向各位說明一下『御守』和『御札』的差別。好像有很多人分不清楚呢。『御守』基本上是守護個人用的，所以請隨時帶在身上。因為祈禱只有一年份，所以效果也只有一年份；過了一年之後，請把它送還神社唄。

而『御札』則是貼在家裡，保護全家人的，所以請朝著太陽升起的方向貼。但是不能用圖釘釘在牆上，否則會刺到符裡的神明哩。貼的時候得花點心思啊。它的效果基本上也只有一年，不過遇到※『厄年』的人，請一直貼到『後厄』結束唄。」（譯註：日本習俗認為，人在某些特定年齡比較容易遇到災禍疾病，稱為「厄年」。「厄年」的前後一年，分別稱為「前厄」及「後厄」。）

原來如此。御守和御札的效果都只有一年啊。

我們家那張貼在廚房裡、已經褪色的平安符，好像到現在都還貼在原地呢……

和尚的講解既有趣，又能讓人學到很多東西，時間一轉眼就過去了。

3

聽完和尚的介紹之後，我們離開大廳，前往購買護身符。這個護身符也可以當作伴手禮送人，所以有些人買了不只一個。

據說用來送人的護身符，可以由購買者先到地藏菩薩面前，把所有的護身符一起夾在手掌心，向地藏菩薩許願：「希望這些人的願望也能實現」。收到的人，只要朝著京都的方向，雙手合十，說出自己的住址和名字就可以了。

順帶一提，據說不需要郵遞區號。

總之我買了一個自己用的。福爾摩斯先生和秋人先生也各買了一個。

我們走出寺院，順著可以參觀庭園的路線前進。

「——和尚的講解真有趣，我好意外喔。」

我看著庭園裡的紅葉，喃喃地這麼說。福爾摩斯先生也點點頭。

「是啊，他把各種知識穿插在有趣的介紹裡，我覺得非常棒。」

秋人先生默默地走在我們兩人的前面。這麼說來，從我們離開寺院之後，他就沒講什麼話。究竟是怎麼了呢？

我探頭從旁邊偷看秋人先生，發現他的眼睛有點濕濕的。

咦，秋人先生……是不是聽完和尚的講解，覺得太感動了？

就在這個時候，福爾摩斯先生從暗袋裡拿出手帕，走到秋人先生的面前遞給他。

「秋人先生，如果你不嫌棄的話，請用這個來擦眼淚吧。」

「我、我又沒有流眼淚！」

秋人先生用袖口擦了擦眼睛之後，猛然轉過頭來。

看來他因為太感動而熱淚盈眶的事被我們發現了，所以很難為情吧。

「你聽完了很感動對吧？何必隱藏呢？又沒有關係。心生感動、熱淚盈眶，這是一種很棒的感性啊。真不愧是演員呢。」

「你、你給我閉嘴！」

秋人先生面紅耳赤地說，福爾摩斯先生手拿著手帕，露出一臉燦笑。

福爾摩斯先生……乍看之下好像很親切，但其實根本十足地壞心眼。

聽見他們兩人的對話，周圍的人再次竊笑了起來。

我們繞了庭園一圈之後，終於又回到入口附近的『穿著草鞋的地藏菩薩』所在的地方。這時已經有很多人用雙手夾著黃色的護身符，站在地藏菩薩的前面許願了。當然，還有更多人在旁邊排隊等著許願。

秋人先生用力把護身符夾在手掌心，大聲地說：

「梶原秋人，二十五歲！希望可以在演藝圈大獲成功！」

「秋人先生，不用說年齡，需要的是你的住址，而且在心裡說就可以了唷。」

福爾摩斯先生輕拍他的肩膀，周圍響起一陣爆笑。

我也跟著笑了出來。

話說回來，秋人先生果然是希望在演藝界成功呢。

而我呢？在這麼猶豫不決的狀態下，我的願望究竟能不能實現呢？

「我就祈禱家祖父今年一整年身體健康吧。」

福爾摩斯先生這麼說，同時用雙手把護身符夾住。

「……你真的超愛老闆的耶。」

「是啊，而且要是家祖父病倒了，最後受到牽連的也會是我。因為只有生病這件事是我無能為力的。」

對啊。我又還沒要考大學，也沒有什麼確切的願望想要實現。

「那我也祈禱我的祖母身體健康好了。」

「什麼嘛，你們兩個！這樣不是感覺只有我很貪心嗎！」

秋人先生張大了雙眼說。

「不，我覺得你那樣很好啊。我認為像你這樣毫不動搖，始終抱著同一個願望的人，願望才會實現呢。」

聽福爾摩斯先生一臉認真地說，秋人先生露出疑惑的表情。

「真、真的嗎？」

「是啊。」

參拜完之後——

「那我們前往嵐山吧。」

福爾摩斯先生轉過頭說，我們兩人用力點頭。

4

我們離開鈴蟲寺，再度坐上車，前往嵐山。

我們在嵐山遼闊的停車場（不過幾乎全都停滿了）停好車之後，便像散步一樣，慢慢逛著眾多的紀念品店。

「這裡好令人懷念喔。我國中畢業旅行的時候來過呢。」

這裡有一股很歡樂的氣氛，讓人不自覺地開心起來。

「我也覺得很懷念呢。一看到渡月橋，就會想起十三詣。」

聽見福爾摩斯先生這麼說，秋人先生也笑著點頭。

「啊——對啊，十三詣。當時真的很想回頭對吧。」

「雖然我很不願意承認，但我有同感。我當時也很想回頭。」

聽著他們的對話——

「呃，請問十三詣是什麼？」我不解地歪著頭問道。秋人先生突然愣了一下。

「小葵，妳沒有參加過十三詣嗎？」

「秋人先生，十三詣主要是在關西流傳的習俗，住在外地的人幾乎都不知道喔。」

「欸，欸——原來妳不知道十三詣啊。對我來說，那就像七五三一樣的感覺吧。欸——」

秋人先生顯得驚訝無比。

「…………」如果他不是秋人先生的話，我可能會生氣吧。

「十三詣感覺就像七五三，是一種傳統習俗；小孩在虛歲十三歲的時候會去拜拜，祈求得到智慧。

渡月橋的另一頭，有一間因為舉行十三詣而聞名的寺院，叫做『法輪寺』。傳說參拜完、離開本堂之後，假如在回家路上回頭了，就必須『歸還得到的智慧』；所以在走過渡月橋之前，絕對不能回頭。」

福爾摩斯先生像平常一樣簡單扼要地進行說明。

「當時家祖父為了讓我回頭，一直在我身後說一些有的沒的。多虧了他，我才能下定決心，告訴自己『我絕對不回頭』。」

他聳聳肩這麼說。

我的腦海中浮現不肯回頭、一直往前走的福爾摩斯先生，以及在他身後一直誘惑他回頭的老闆，忍不住笑了出來。

我們走過渡月橋。橋下是一條大河，河岸兩側的紅葉以及色彩繽紛的山巒美不勝收。

路上有不少穿著制服的國中生或高中生，他們大概是來畢業旅行的吧。一間接著一間的紀念品店、河川、橋以及大自然——這裡真是一個美好的地方。

這麼說來，我在國中畢業旅行的時候也來過京都，去過很多景點，但現在還有印象的，似乎只有清水寺、金閣寺和嵐山這三個地方而已。

嵐山這個地方並沒有什麼大型的寺院，卻能讓人記憶深刻，實在很特別。或許是因為這個地方總是有股宛如祭典的歡樂氣氛吧？

「對了，我在畢業旅行的時候，還搭過『保津川』的遊河船，那個也很令人感動對吧。」

我想起這件事，於是脫口而出，但福爾摩斯先生和秋人先生卻突然愣住。

「這麼說來，我沒有搭過保津川遊河船耶。」

「……我也是。」他們兩人彷彿突然驚覺似地這麼說。

「明明住在京都，卻沒有體驗過那麼棒的保津川遊河，真是可惜呢。」我故意有點壞心眼地說。

「啊，小葵反擊了。」

「那下次我們一起去吧。到時候就請妳替我們介紹囉。」

福爾摩斯先生微笑著說，讓我頓時無言。

「這、這沒有什麼好介紹的吧……」

我支支吾吾地說，秋人先生噗哧一笑。

「的確，面對福爾摩斯這個人，根本沒有什麼好介紹的啊。」

「這樣講也是某種壞心眼吧。」

「沒有，那只是普通的對話而已。」

我們三人一起呵呵笑著，接著決定走路去『天龍寺』。

5

「天龍寺以美麗的庭院而聞名，是一間與桓武天皇有因緣的禪寺。這裡也已經被列為世界遺產了唷。」

我們來到天龍寺，付了參拜費之後，便沿著寺院境內的路線往前走。

福爾摩斯先生看著鮮豔的楓葉與維護得當的大池塘這麼說。「原來這裡也是世界遺產啊。」我佩服地點點頭。

真不愧是京都。

群山環繞下的庭園，大池塘裡擺著彼此保持間隔的『飛石』，另一頭的楓葉映在水面上。

楓葉不只是紅色，也有黃色和鮮豔的綠色，互相襯托。

我和福爾摩斯先生一起去過許多神社佛閣，看過許多庭園，每個庭園確實都很漂亮，但……

「——這裡的庭園真的很美呢。」

我情不自禁地脫口而出。福爾摩斯先生點點頭。

「是啊，天龍寺可說就是因為庭園而存在的，更有日本最頂級的庭園之譽。傳說這是在鎌倉時代，把日本庭園推向巔峰的禪僧——夢窗疎石所打造的。」

「夢窗疎石。」這個名字聽起來好特別啊。

「哇，原來以前有個這麼專業的庭園設計師啊。」

「是的，除了天龍寺之外，被稱為苔寺的西芳寺、岐阜縣的永保寺、神奈川縣的瑞泉寺、山梨縣的惠林寺等庭園，也都是他設計的。這些庭園全都非常美麗，如果有機會的話，請兩位一定要去參觀。」

福爾摩斯先生略顯激動地說。

「喔，好啦。不過，你還是跟平常一樣，像個不曉得是哪裡派來的推銷員呢。」

秋人先生露出傻眼的表情點點頭。

我們往庭園深處前進，最後來到了一片竹林。

眼前是一片鮮豔的綠色。直挺挺地並排的竹子，帶給人涼爽的感覺，真是美極了。

此處和山上那些沒有經過整理的竹林簡直天差地遠。

「這裡也很漂亮呢。」

「很美吧。據說北海道的觀光客特別喜歡這裡，因為北海道沒有竹林。」

聽他這麼說，我和秋人先生不約而同地發出驚呼。

之後，我們在天龍寺附近的日本料理店吃了午餐，悠閒地休息了一下，便動身前往柳原老師家。

我們從嵐山出發，經過短短的車程，就抵達了鑑定師柳原老師的住處。

我們把車子停在門外的停車場，走進已經敞開的檜木大門，眼前出現的是打理得非常美的日式庭園，庭園裡有修剪整齊的樹木和紅葉。

鯉魚生氣勃勃地在池塘裡悠游。寬廣的庭園後方，是一棟有著黑瓦屋頂、又大又寬的日式平房。

家頭家的房子是一棟讓人聯想到西洋美術館的石造洋房，這裡則是截然不同的完美日式建築。

不過，以最高等級的古董藝術品鑑定師而言，這種建築似乎比較相稱。

（換句話說，家頭家總是在各方面打破傳統。）

「哎呀，這不是清貴先生嗎？」

一名穿著西裝、戴著眼鏡，大約四十多歲的男子面帶微笑地走了過來。

「今天承蒙邀請，非常感謝。」

福爾摩斯先生優雅地一鞠躬，我和秋人先生也跟著鞠躬。

「不好意思，連我們也一起來了。」

「清貴先生已經跟我們說過了，兩位就是葵小姐和最近很紅的秋人先生對吧。秋人先生擔任主持人的『京日和』，我都有收看喔。請容我自我介紹，我是柳原的秘書，我叫做田口。」秘書田口先生微笑著說。

他的長相清秀，看起來很有氣質。

「真假！你有看我的節目嗎？謝謝你。」

秋人先生眼睛發亮，探出身子這麼說。田口先生好像有點被嚇到，上身往後仰，同時推了推眼鏡。

「……秋人先生好像和電視上看到的感覺有點不一樣呢。」

「何止有點，是完完全全不一樣呢，田口先生。因為他在電視上根本就是東施效顰啊。」

福爾摩斯先生立刻這麼說。

「什、什麼東施效顰啦！」

秋人先生滿臉通紅地大吼，我和田口先生輕輕笑了出來。

「真是一位能炒熱氣氛又歡樂的人呢。這麼一來，今天的餘興節目想必也會很熱鬧吧。」

戴著眼鏡的他柔和地瞇起雙眼。福爾摩斯先生露出疑惑的表情。

「餘興節目？」

「是的，今天的慶生會上，我們安排了一個專屬於鑑定師柳原的特別活動唷。」

「噢！原來是玩遊戲啊！總覺得熱血了起來呢。」秋人先生高興地大聲說，我和福爾摩斯先生露出了苦笑。

秘書先生只說安排了一個『活動』，壓根沒提到那是遊戲啊。

「請問那是一場什麼樣的活動呢？」

我小聲地問道。田口先生微笑著回答。

「我們準備在柳原家舉辦一場『真贗展』。」

「真贗展？」

和秘書田口先生一起走向門口的福爾摩斯先生問道。

「是的。其實這是一間百貨公司的企劃；他們即將舉辦一場名叫『今昔真贗展』的活動，由柳原負責監審。」

「這個企劃真有趣呢。」

「謝謝您。所以，現在有部分作品放在柳原家保管，因此我們想趁著今天這個特別的機會，讓參加慶生會的賓客欣賞一下，同時進行一個小小的遊戲。」

聽完他的說明，福爾摩斯先生輕輕點頭，將雙手交叉在胸前。

「喔，果然是要玩遊戲啊。」

秋人先生再次雙眼發亮。他到底多喜歡玩遊戲啊？

「對了，這個遊戲，像我這種普通人也可以參加嗎？」

「當然，我們策劃了一個讓所有賓客都能同歡的遊戲，請您務必參加。我們也準備了獎品。」

田口先生笑著回答。「有獎品嗎？好！」秋人先生握緊拳頭說。

「這個企劃真是別有趣味，非常棒呢。」

福爾摩斯先生這麼說，同時揚起一抹充滿氣質的笑容。

「謝謝您。這邊請。」

我們在田口先生的帶領之下，走進了柳原家。

我本來以為這會是一間連走廊都鋪著榻榻米的日式建築，沒想到屋裡似乎也有接待賓客用的西式大廳。經過走廊轉角後，一扇敞開的對開門扉便映入眼簾。

門口放著一個看板，上面寫著：

『柳原重敏・慶生會』

門內是一間寬敞的西式大廳。

地上鋪著以紅色為底色的地毯，天花板上掛著吊燈，窗邊擺著一架平台鋼琴。

穿著黑色和服的柳原老師就站在大廳的正中央，被賓客包圍著。他滿頭白髮，又留著白鬍子，感覺就像一名仙人。

「老師，清貴先生大駕光臨。」田口先生高聲喊道。「喔！」於是柳原老師便朝我們走了過來。

「謝謝你來啊，小貴。」

「生日快樂。謝謝您的邀請。家祖父因為有工作在身，沒有辦法親自過來，他表示相當遺憾。」

福爾摩斯先生微笑著說。柳原老師瞇起雙眼。

「對啊，昨天那個臭老頭還特地打電話來，說：『誰要參加老頭子的慶生會啊。我叫我孫子代替我去哩。』」

……呃，老闆……

「那是因為家祖父生性害羞。這是家祖父叫我帶來的，再次祝您生日快樂。」福爾摩斯先生遞給他一瓶裝在盒子裡的紅酒。

「喔，謝謝。我是不知道那傢伙鑑定的眼光怎麼樣啦，不過他對酒倒是滿瞭解的哩。」柳原老師開心地接過紅酒。

……該怎麼說呢。老闆和柳原老師感情好好喔。

從他們乍聽之下有點粗魯的對話中，我可以感受到這點。

「好啦，你就玩得開心一點唄。還有你帶來的朋友也是。」

柳原老師瞥了我們一眼，我趕忙鞠躬。

「謝、謝謝您。祝您生日快樂。」

「生日快樂。」

我們有點彆扭地說，老師愉快地笑了出來。

「你就是那個上電視的孩子啊。我有看『京日和』喔，很不錯哩。加油唄。」

「是、是的，謝謝您。」秋人先生再次向他鞠躬。

柳原老師和老闆一樣，具有一種獨特的魄力，令人畏懼。

「那妳就是在『藏』打工的孩子囉。那個老頭說妳很努力工作，對妳讚譽有加呢。」柳原老師這麼說，同時仔細地打量我。

「謝、謝謝您。」

沒想到老闆竟然會誇獎我，實在太開心了。

可是，為什麼柳原老師要這樣端詳我呢？

我不禁緊張得心跳加速。

「……唉，很普通嘛。」柳原老師喃喃自語地說。

咦？就在我一頭霧水的時候——

「老師，您好。」旁邊傳來一道耳熟的聲音。

——咦，這個聲音是……

我順著聲音傳來的方向轉過頭去，看見的是滿臉笑容的米山先生。

「喔，你也來啦。你替高宮先生畫的畫，真的非常棒哩。今天就好好玩唄。」柳原先生這麼說完之後，便離開了。

話說回來，他那句『很普通嘛』，到底是什麼意思呢？是覺得我太平凡了，不配在『藏』打工嗎？

總覺得內心有點不安。這時——

「那只是因為包括我在內，家頭家的周圍都是怪人啦。站在柳原老師的立場，看見一個一點都不怪的普通女孩來打工，他可能覺得很意外吧。」

福爾摩斯先生這麼說，同時對我露出溫柔的微笑。

「對啊，福爾摩斯。你真的是個怪人耶。」秋人先生緊接著說。

「被你這樣說，我突然覺得很火大耶。」福爾摩斯先生笑著回答。

「咦，你們兩個人感情真好耶。」

米山先生也開心地探出身子。

聽著他們的對話，我原本稍微低落的心情立刻輕鬆不少。

之後，柳原老師對大家致詞，我們分別舉起香檳、紅酒和果汁乾杯，享用放在長桌上的各種中、西、日式茶點，大廳裡洋溢著輕鬆和諧的氣氛。

過了一段時間，秘書田口先生來到大家面前。

「稍早我已經向各位簡單說明過了，在這次的『真贗展』正式揭幕之前，我們想在這場慶生會上先舉行一場請賓客判斷真偽的遊戲。」田口先生拉開拉門，打開裡面的房間。

大廳變得更大了。原來剛才被遮蔽的空間裡，陳列著各式各樣的藝術品，而且還有看起來像警衛的人守護著。

「好酷喔，那是真的※『自宅警備員』嗎？」（譯註：日文「自宅警備員」為尼特族的戲稱。）

秋人先生語帶驚恐地說。福爾摩斯先生苦笑。

「什麼自宅警備員啦。我想那應該是百貨公司的保全人員吧。」

「現在，我們要向各位展示一些藝術品。請各位判斷這些藝術品是真品還是贗品，並且舉起您手上的旗子作答——這就是『判斷真偽遊戲』。答對的人就可以進入下一關，最後剩下的優勝者可以獲得獎品。」

田口先生在講解的時候，其他僕人也同時把白色和紅色的小旗子發給賓客。

「如果您覺得這個藝術品是真的，就請舉起白旗；如果您認為那是贗品，就請舉起紅旗。順帶一提，鑑定師以及與藝術工作相關的來賓，不能參加遊戲唷。」

所以包括福爾摩斯先生在內的鑑定師以及藝術界的賓客，都沒有拿到旗子。

「啊，各位跟鑑定或藝術相關的來賓，可不能對您帶來的親友打暗號喔。」

聽見他這麼說，在場響起一陣笑聲。

「哇，感覺真有趣。我因為老爸的關係，也看過很多好東西，我還算挺有自信的呢。」

秋人先生手拿著旗子，眼睛閃閃發亮。

我雖然不知道自己究竟能夠看出多少，但這個遊戲的確很好玩。

「請兩位加油囉。」

福爾摩斯先生微笑著說。

「那麼，請看第一件藝術品。」

聽見田口先生這麼說，一名警衛便推著一張附輪的桌子走到我們前面。

桌上放著一個用布蓋住的東西。

簡直就像拍賣會。

「各位，請等我下達指令之後，再一起舉起您手上的旗子。」

田口先生叮嚀大家之後，就把布掀開。

桌上放著一個土色的壺。

「這是『信樂壺』。從現在開始，請各位在兩分鐘內仔細觀察這個壺，判斷它的真偽。雖然時間很短，但這只是一個遊戲，還請各位見諒。我們在桌上準備了放大鏡。」

大家一邊聽著田口先生的說明，一邊點頭，同時走近桌子，仔細端詳那個壺。

「這是什麼髒兮兮的壺啊。」

秋人先生皺著眉頭，脫口而出。

髒兮兮?的確，這個壺是土色的，而且表面很粗糙。

表面還有突出的石頭，不過，這是長石。

我之前曾經在『藏』看過信樂壺。

這百分之百是——真品。

我抱著近乎確信的心情。

「兩分鐘到了。請問這個信樂壺是真品還是贗品呢？請各位判定。」

在田口先生的指令下，大家一起舉起了旗子。

我舉起白旗，表示這是真的；但秋人先生舉起了紅旗。

有一半的來賓都舉起了紅旗。

「現在請老師宣佈正確答案。」

「第一個問題就這麼高難度，真是抱歉哩。這是真的信樂。」

聽見他的話，舉起紅旗的賓客紛紛發出遺憾的嘆息。

「真、真的假的啊。那個壺看起來明明那麼粗糙。」

秋人先生不甘心地咬著嘴唇。福爾摩斯先生輕輕笑道。

「那是※『種壺』，是一種實用的容器，所以沒有華麗的裝飾。葵小姐妳竟然看得出來，真是太棒了。」（譯註：古時用來儲藏種子的陶器，後來當作花瓶或茶壺使用。）

「啊，是。因為我以前看過。那個突起的石頭，是長石對吧？」

「沒錯，妳很棒。」

福爾摩斯先生微笑著點頭。一旁的秋人先生不甘心地嘛起了嘴。

「接下來，我要展示第二件藝術品了。下一個是『古九谷的盤子』。」

這次推出來的是一個很大的彩繪盤。

盤子的邊緣排列著鮮豔的深藍色、綠色與黃色，中間畫著一隻鳥。

「哇，顏色好漂亮喔。」

有一位賓客忍不住發出讚嘆。那是一位穿著正式和服，看起來很有氣質的婦人。

……顏色的確很漂亮。

但是我覺得古九谷的顏色應該更鮮明才對。

這個盤子的顏色沒有我之前看過的令人印象深刻，而且有種說不出的模糊。

更重要的是鳥的圖案。

以前福爾摩斯先生曾經告訴我，真正的古九谷，畫工非常精細。

可是這隻鳥的畫，並沒有令人屏息的『高明』感。

盤子是立著的，所以我繞到背面去，確認了盤子的底部。

「…………」

「時間到。請各位舉旗。」

聽見田口先生的指示，大家一起舉起了旗子。

可能是因為聽見那位婦人的讚嘆吧，幾乎所有的人都舉起了白旗。

但我舉起了紅旗。

田口先生使了一個眼色之後，柳原老師點點頭。

「這是贗品哩。」

聽見這個答案，現場一陣譁然。

一回神，我才發現答對的人寥寥無幾。

接著展示的古瀨戶的壺以及黃瀨戶的茶杯，我也都答對了——

最後只剩下我和另一位男性。

「這是最後一件藝術品了。究竟能不能分出勝負呢？這是『志野茶杯』。」

最後一個展示的是志野茶杯。

它那獨特的扭曲形狀別具風味，被譽為名品中的名品。

正因如此，據說志野茶杯有許多贗品，我也曾經看過幾次贗品。

每次看到，我都會在心裡這麼想——

贗品沒有帶給我第一次看到它那時心跳加速的感覺。沒錯，志野茶杯就是我第一次在『藏』邂逅的名品。

我想這應該是製作得非常精美的贗品吧，但唯獨志野茶杯，我絕對不可能看錯。

「請判定！」

男子舉起了白旗，而我舉起了紅旗。

「噢噢噢噢！」大廳裡響起一陣興奮的歡呼聲。

「老師，請揭曉答案。」

田口先生似乎也有些激動，聲音聽起來很高亢。

「……這是贗品。哎呀，沒想到一個小女孩竟然能做出這麼精彩的判定，實在太了不起哩。」

柳原老師開始鼓掌，接著大廳裡的賓客們也發出歡呼聲，同時熱烈地鼓掌。

「葵小姐，妳太棒了！」

福爾摩斯先生眼睛發亮，快步走向我。

「福爾摩斯先生！」

就在我高興地轉過頭的瞬間，福爾摩斯先生用雙手緊握住我的手。

「！」我的心臟狂跳了一下。

「太棒了！我從一開始就認為妳擁有鑑定的慧眼，我果然沒有看錯。妳真是我的驕傲！」

福爾摩斯先生緊緊握住我的雙手，露出燦爛的笑容，看起來真的很高興。

我的心臟快要爆炸了。

「謝、謝謝你，這都要歸功於福爾摩斯先生讓我看了很多藝術品，又教了我許多事物。」

沒錯，自從來到『藏』打工，只要店裡進了優秀的藝術品，福爾摩斯先生就會讓我看，同時告訴我許多知識。沒想到隨著『古董藝術品讀書會』進行，我也在不知不覺中變得這麼會判斷了。

這一切都是因為我有福爾摩斯先生這位『師傅』的關係。

然而，直到此刻都還被他緊緊握住的手所傳來的溫度，讓我的心臟狂跳不已。

「……小葵真的超酷的。」

秋人先生目瞪口呆地這麼說。

站在他旁邊的米山先生也點點頭，替我拍手。

「是啊，葵小姐除了與生俱來的鑑定眼光之外，更是一位隨時都用真誠的眼神直視真實的人……我覺得這真的很棒。」

福爾摩斯先生拍著手這麼說，但我的心跳實在太激烈，讓我說不出話來。

接著，柳原老師邊鼓掌邊走向我。

「我剛才說妳很『普通』，真是失禮了。看來我的眼光還不行呢。哎呀，像妳這種年紀，能有這樣的眼光實在太難得了。真不愧是小貴挑的人呢。」

柳原老師說話的同時連連頷首，害我的臉更燙了。

他只是挑了我當工讀生而已，但是這句話聽起來總覺得還有別的含義，不知情的人聽見可能會誤會吧。

這個時候，田口先生從柳原老師的身後探出頭來。

「恭喜您獲得了冠軍，葵小姐。獎品是位在城崎、柳原老師常去的旅館『月見屋』的雙人住宿券。」他將一個白色的信封遞給我。

「咦，旅館的住宿券嗎？」我驚訝地高聲說。

這一定是高級的日式旅館吧。

看見我露出困惑的表情，福爾摩斯先生拍了一下手，說：

「我聽過月見屋的評價，據說那是一間歷史悠久的日式旅館。」

聽見福爾摩斯先生這麼說，田口先生也高興地點點頭。

「原來您聽過呀。這是雙人住宿券，請兩位務必一起去體驗一下。」

「什、什麼？」

兩、兩位？

我和福爾摩斯先生兩個人一起去城崎的高級旅館？

果然被大家誤會了！

「不、不是，怎麼可以。我們只是單純的同事而已。」

我不由自主地大聲說，田口先生顯得有些疑惑。

一旁的福爾摩斯先生也露出苦笑。

啊，真是對不起他。

「真是失禮了。那麼請您和朋友或家人一起去吧。」

「呃，好、好的。那個……謝謝。」

在熱烈的掌聲中，我害臊得不敢抬起頭，就這樣接過了獎品。

在熱鬧的會場慢慢安靜下來的時候，田口先生再次環顧四周。

「接下來，包括鑑定師在內，我們想請在場的所有來賓欣賞一下這幅作品。這是巴洛克時代的作品，也是本次真贗展最大的賣點。」

語畢，警衛再次把桌子推進來。

桌上放著一幅據說是巴洛克時代作品的西洋繪畫。

畫中央是一個留著白鬍子的男子，一名天使像是引導他似地扶著他的手臂；老人的身後是一群年輕女孩。

真是一幅充滿魄力的畫。

……我完全無法判斷這幅畫是真是假。

這時，有一位貌似鑑定師的中年男子苦笑著抓抓頭說：

「哎呀，這種畫光用肉眼實在太難分辨了，必須用化學分析才行。而且我也不是西洋繪畫的專家。」

柳原老師輕輕笑了笑，點點頭。

「沒有錯，西洋繪畫的確非常難鑑定。今天在場的各位鑑定師都背負著名譽，所以應該很難回答唄。所以，我今天想邀請一位非常優秀，但是年紀還很輕，沒有丟失名譽問題的小貴來回答。」

聽見柳原老師指名道姓地這麼說，在場的人不約而同把視線聚集在福爾摩斯先生身上。

福爾摩斯先生曾經說過他不太擅長鑑定西洋繪畫。

就像剛才那位鑑定師所說的，這種繪畫用肉眼一定很難判斷。

即使是福爾摩斯先生，也令人擔心他真的回答得出來嗎？

就在我暗自緊張的時候，福爾摩斯先生輕聲笑了笑，豎起食指。

「好的。這是魯本斯的『優異的複製品』對吧。」

聽見他的回答，有部分賓客爆笑出聲，而包括我在內的大部分賓客則一臉茫然。

「真不愧是小貴。你能不能向大家說明一下哩？」

「——好的。這是上野的國立西洋美術館在一九七八年以一億五千萬圓買下的魯本斯畫作，名叫〈羅德一家逃離索多瑪〉；後來這幅作品被發現是贋品，引起軒然大波。發現的原因，是因為在美國的美術館出現了兩幅、在倫敦也出現了一幅同名作品。

當時人們用X光等方法進行化學分析，確定了在美國的其中一幅作品才是真跡，在日本的則是贋品。這件事情造成了極大的騷動，但當時國立西洋美術館的館長留下了一句名言——他表示這幅作品是『優異的複製品』，而這起事件也因此勉強順利落幕。

我們眼前的這幅畫，就是那幅『優異的複製品』。我以前正好有機會看過這幅作品，所以才能加以判斷。」

他一如往常地用沉穩的語調簡單明瞭地說明。大廳響起一陣掌聲。

「真不愧是小貴哩。接下來我想請你看看另外一幅作品。」

柳原老師示意後，另一幅畫便被推出來。

畫裡是一群綿羊站在平緩的崖上，山丘後方可以看見大海。

構圖很漂亮，而且綿羊很可愛，整體感覺很溫和。

這幅畫我也無法判斷是真是假。

「這是英國畫家威廉・霍爾曼・亨特的作品〈英國海岸〉。我想請你鑑定一下這幅畫的真偽。」

柳原老師露出犀利的眼神。

「——！」

福爾摩斯先生頓時說不出話來。

他將雙手交叉在胸口，露出認真的眼神。

這是我第一次看到平常總是一眼就能看出真偽的福爾摩斯先生，竟然花這麼多時間鑑定。

或許西洋繪畫真的比較難判斷吧。

這時，我身後傳來一個聲音。

「喂，米山，你看得出來嗎？」

「……不，我完全看不出來。」

一名貌似藝術界的男子和米山先生竊竊私語。

的確，就算福爾摩斯先生在這裡做出了錯誤的判斷，大家可能也會認為反正他還只是個年輕的鑑定師，不用擔心名譽受損的問題。

然而福爾摩斯先生不是這樣的人。

既然接受了挑戰，他絕對不想做出錯誤的判斷。

「…………」

福爾摩斯先生沉默了半晌之後，緩緩地開口。

「……這幅作品畫得非常好，但我想這應該是贋品吧。」

「你為什麼這麼認為呢？」柳原老師帶著犀利的眼神這麼說。

「我雖然沒有看過這幅作品的真跡，但我知道這是亨特在呈現出『自然光線』的作品中被譽為表現得最棒的一幅作品，當時還曾經獲獎。

不過，此刻面對這幅作品，我認為它一切都畫得很好，但是卻感受不到那應該表現得極為優異的『自然光線』有什麼特別突出的感覺。」

聽完福爾摩斯先生的回答，柳原老師和田口先生互望了一眼。

大廳瞬間充滿緊張的氣氛。

到底是真是假呢？

感到手心冒汗的我，宛如祈禱一般將十指緊扣。

下一瞬間，柳原老師和田口先生一起鼓掌。

「太棒了。正如你所說，這是我們從某間畫廊借來的贗品哩。這是一幅品質極高、非常具有代表性的贗品，所以我們打算在真贗展裡展出。」

聽見這番話，在場的賓客立刻發出歡呼，給予熱烈的掌聲。

「雖然搞不清楚是什麼狀況，但福爾摩斯真的很酷耶。」

「真不愧是誠司先生的愛徒呢。」

在大家紛紛感嘆的時候，福爾摩斯先生面無表情地走向柳原老師。

「柳原老師……您剛才說這幅畫是某間畫廊借給您的。我想請問和您接洽的人叫做什麼名字呢？」

福爾摩斯先生冷靜地這麼問道。「嗯——」柳原老師歪著頭想了一下。

「印象中他好像叫做※森屋？」（譯註：日文發音為「ＭＯＲＩＹＡ」。）

「不，老師，他叫做※『森阿』唷。這個姓氏真是特別呢。」（譯註：日文發音為「ＭＯＲＩＡ」。）

田口先生立刻回答。

「ＭＯＲＩＡ？」福爾摩斯先生重複了一次，皺起了眉頭。

「……提議在老師的慶生會上舉行『真偽判定遊戲』的，該不會就是這個人吧？」

福爾摩斯先生壓低聲音問道。田口先生驚訝地點點頭。

「正是如此。您怎麼知道呢？的確是他提議的，他還說『這樣一定可以炒熱慶生會的氣氛』。託他的福，氣氛真的非常熱絡呢。」

「──至於亨特的作品，他是不是也建議老師指定我呢？」

「不，他並沒有指名清貴先生，他只說：『這幅畫的真偽真的很難判定，所以要是能指定一位最不用擔心丟失名譽、最年輕的鑑定師就好了。』對了，那位森阿先生還交代我一件奇怪的事……請稍等一下。」

田口先生語畢便離開，接著又拿著一個東西回來。

「……他說，如果那位年輕鑑定師答對了，之後又來打聽我的事，就請你把這個交給他。」

他這麼說，同時遞出一面圓形的鏡子。

福爾摩斯先生接過那面鏡子，看了一眼，便笑了出來。

「謝謝您……呃，非常抱歉，我突然有件急事，請問我可以現在離開嗎？」

福爾摩斯先生面帶笑容地說。

「咦？好的，今天非常感謝您的蒞臨。」

田口先生雖然一頭霧水，但還是向他鞠躬。

「葵小姐、秋人先生，如果你們兩人願意的話，可以繼續留在這裡玩，我等一下再來接你們。」

福爾摩斯先生這麼說完之後，就快步地離開大廳。我們兩人連忙追上去。

「福、福爾摩斯先生，到底發生什麼事了？」

「就是說啊。怎麼了啊？」

「『森阿』咧。開什麼玩笑哩……」

福爾摩斯先生咂嘴。

「福、福爾摩斯？」秋人先生嚇了一跳。

福爾摩斯先生就這樣直接走到屋外，坐上了車。我們兩個也跳進車裡。

他一確認我們都坐好了，就立刻發動車子。

「到、到底發生什麼事了？」

笑。

我一頭霧水地問道。福爾摩斯先生彷彿現在才回過神來似地，露出歉疚的苦

「……安排那個贗品的，就是圓生。」

「咦？那個叫做森阿的畫廊負責人嗎？」

「原來如此，是莫里亞蒂啊！」秋人先生立刻拍了一下手。

啊，原來如此。夏洛克・福爾摩斯的宿敵，就是莫里亞蒂教授。

他是為了取這個諧音，才自稱※『森阿』的。（譯註：日文中「森阿」音同「莫里亞蒂」的「莫里亞」。）

（難怪他剛才會說『開什麼玩笑』。）

「我想，他大概是聽說柳原老師擔任真贗展的監審，又即將舉辦慶生會，認為這是一個向我挑戰的好機會，所以才主動去找柳原老師吧。難怪，我就覺得以柳原老師的慶生會來說，會安排這種別出心裁的遊戲，真是讓人意外。」

福爾摩斯先生一邊開車，一邊說出這種有點失禮的話。

「那你現在要去哪裡呢？」

「……圓生設計了一個謎題告訴我他現在人在哪裡。剛才的那幅畫，一開始的名字叫做〈英國海岸〉，但後來又改為〈迷途羔羊〉。」

「……迷途羔羊。」

「接著他又交給我一個圓鏡。這就是他用來表示自己所在位置的謎題。他的意思是，如果你看出來了，就過來找我吧。」

福爾摩斯先生帶著銳利的眼神這麼說。

迷途羔羊、圓鏡子——這究竟代表什麼地方呢？

面對福爾摩斯先生的魄力，我和秋人先生只能默默屏息。

6

——車子一路往北奔馳。

車裡瀰漫著緊張的氣氛。但就在這時——

「話說回來，莫里亞蒂和森阿，還真有梗呢。」

坐在後座的秋人先生拍手大笑。

他到底是不會看場合呢，還是不看場合呢？從某種角度來說，他應該是最強的吧。

「對了，秋人先生之前說過你很喜歡夏洛克・福爾摩斯對吧。福爾摩斯的書你全都看完了嗎？」

沒錯，我們第一次見面的時候，他說過他很喜歡福爾摩斯。所以他對福爾摩斯先生被稱為『福爾摩斯』這件事感到惱怒，甚至為此一直找他麻煩。

看來他應該是非常死忠的福爾摩斯迷吧。

這麼說或許有點失禮，但秋人先生喜歡看書這件事，實在有點讓我出乎意料。

「啊——沒有，我沒有看書喔。我是因為動畫才喜歡他的。」

聽他這麼說，我和福爾摩斯先生異口同聲地重複：「動畫？」

「對啊，你們不知道嗎？就是把狗擬人化的福爾摩斯動畫啊。那真的超好看的，又很帥。我因為這部動畫愛上福爾摩斯之後，就把人偶劇和電影全都看過一遍。我一直很希望有一天能夠在舞台劇或電影裡演出福爾摩斯的角色呢。」

「那、那原作呢？」

「連一行都沒看過啊，怎麼了嗎？」聽見秋人先生一臉認真地這麼回答，我和福爾摩斯先生不由自主地對望了一眼。

一秒鐘之後，福爾摩斯先生噗哧一聲笑了出來。

「你笑什麼笑啦。」

「沒有，你的我行我素，讓我的頭腦稍微冷靜一點了，謝謝你。」

他呵呵笑著說。

「喔？是嗎？好啦，你就冷靜一點嘛。」

「對、對啊，福爾摩斯先生。我認為圓生故意用『森阿』這個化名，就是為了要激怒福爾摩斯先生。」

我稍微探出身子這麼說。

「……妳說得沒錯。看來我只要遇到跟圓生有關的事，就很容易生氣，這樣真的不行。葵小姐，謝謝妳。」福爾摩斯先生冷靜地說。

太好了，福爾摩斯先生恢復平常的樣子了。

「所以我們現在到底要去哪裡呢？」

我又問了一次，而福爾摩斯先生望向遠方。

「已經到了……就在這裡。」他停下了車。

車子開進一個地上鋪著碎石子的停車場，車輪底下發出沙沙的聲音。白色圍牆上方是瓦片屋頂。

這裡是——寺院？

這間建築物位在從北大路往北轉進千本通之後，再往前走到接近盡頭的地方。

「這裡是北區的鷹峯對吧？」

秋人先生在下車的時候這麼說。

「是的，沒錯。」福爾摩斯先生和我也下了車。

原來這裡是北區。

這麼說來，秋人先生之前好像說過他們家以前住在北區的衣笠。

來到這裡的途中都是上坡，感覺已經快到山麓了。

我平常不管去哪裡都習慣騎腳踏車，但假如騎腳踏車來這裡，我應該會很後悔吧。

「往這邊走。」福爾摩斯先生說，同時往前走。

或許是因為現在已經超過下午四點半了吧，停車場裡幾乎沒有車子。

（因為幾乎所有的寺院都是五點關門。）

我們沿著一條小路往前走，看見一道小門。那是一道古老的木門。

門柱上掛著一張寫著『源光庵參禪會』的牌子。

「——源光庵。」總覺得好像有聽過。

「沒錯，圓生要我來的地方，就是這裡——『源光庵』。」

福爾摩斯先生露出堅定的眼神。

他以恬靜但強烈的口吻這麼說，接著便走進其中。

我們也立刻跟上。

這裡的庭園並不大，但整理得非常漂亮清爽。

寺院的走廊上有個服務台，我們付了參拜費之後，便走進寺院裡。

這裡完全是一座古老的山中寺院。

但即使如此，建築物全都彷彿挺直了背脊一般，瀰漫著凜然的氣息。

地板和榻榻米都擦得光亮，桌上和走廊一隅擺著插花。

一走進本堂，就看見一扇方形窗戶與一扇圓形窗戶。

窗戶的另一端是鮮紅的楓葉，看起來宛如一幅畫，美不勝收。

——我知道這兩扇窗戶。

可能是在電視上看到的吧。

兩者分別叫做『迷惘之窗』與『頓悟之窗』。

地上設置了高度約到腳踝的柵欄，不讓遊客靠近窗戶。

窗戶後方供奉著主神像，而這間房裡空無一人。

「咦，奇怪了，這裡都沒人耶。」

「真、真的呢。」

就在我們稍微鬆懈的時候——

「……總之我們先合掌吧。」

福爾摩斯先生微笑著站在佛像前面，把錢丟進捐獻箱，接著合掌。

「啊，好的。」

「喔，好。」

我和秋人先生也趕緊投入香油錢，接著雙手合十。

「…………」

就在我張開原本閉上的雙眼時，突然發現本堂裡除了我們之外還有別人在，讓我嚇了一大跳。

那個人年齡大約二十五到三十五歲左右，像和尚一樣剃了光頭，穿著深灰色的和服。

他臉上掛著柔和的笑容，看著我們。

如果我什麼都不知道的話，一定會以為他只是這間寺院的和尚。

「你來了啊。」

他看著福爾摩斯先生，開心地瞇起了眼睛。

——不會錯，他就是圓生。

「叫我來這裡的就是你吧。」

福爾摩斯先生也揚起微笑，緩緩走向他。

我和秋人先生站在原地，屏氣凝神地看著他們。

「……在這裡等你的時間，我覺得好愉快。我究竟是希望你來呢，還是不希望你來呢？連我自己都搞不清楚。」

他打開手裡的扇子，遮住嘴角，呵呵地笑著。

「那你現在的心情呢？」

福爾摩斯先生淡淡地問道，圓生突然收起了笑容。

「——話說回來，真虧你看出來了哩。關鍵是什麼哩？」

「……是『光』。」

「原來如此，是光啊。對一個躲在暗處的人來說，光可能真的很難畫唄。」

圓生笑了笑後抬起頭。

「那這個地點，你是一眼就看出來的嗎？」

「是啊。『迷途羔羊』和『圓鏡』——方形畫框裡的迷途羔羊，而鏡子是『心靈之窗』。我腦中馬上就浮現了源光庵的這兩扇窗。這個方窗是表示『人生中各種苦惱』的『迷惘之窗』；旁邊的圓窗，則是表示『禪與圓通』以及大宇宙的『頓悟之窗』。映照出自己的圓鏡，也映照出內心的『宇宙』……你設計的謎題還真是深奧呢。」

福爾摩斯先生說完之後，露出一抹微笑。

「謝謝你的誇獎哩。」

圓生也用同樣的笑容回應。

他們雙方臉上都掛著溫和的笑容，但兩人之間卻瀰漫一種彷彿隨時會開戰的緊繃氣氛，讓我連呼吸都覺得困難。

面對面的兩個人，身後就是兩扇窗戶。

鮮紅色的楓葉隨風飛舞。

眼前的這一幕儘管令人畏懼，卻有一種無可言喻的美，令我說不出話來。

「就像我剛才說的，在這裡等你的時間，我真的很快樂哩。你究竟會不會來哩？我到底是希望你來呢，還是不希望你來呢？簡直就像等著已經分手的戀人一樣哩。」

「哎呀，這真令人不舒服呢。」

「你太沒禮貌了唄。」圓生只有眼神露出笑意，接著嘆了一口氣。

「……大部分的仿製師在長期製作贗品的過程中，往往會漸漸想向世人宣告這是自己的作品，於是不自覺地在作品裡留下自己的痕跡哩。許多贗品都是因為這樣被揭穿的；不過我卻一直不知道自己為什麼不會這樣哩。」

圓生眺望著『迷惘之窗』的窗外，像自言自語般地喃喃說道：

「我家是只有父子相依為命的單親家庭，我從小在尼崎長大。家父是畫家哩。

他的畫工雖然很不錯，可是卻酒精中毒哩。就算好不容易有工作上門，他也會把訂金全部拿去買酒，喝得爛醉，經常沒有辦法如期交出作品。我看不下去，於是模仿家父的畫風，代替家父畫畫。家父因此非常高興哩。他一直以來都把我當成拖油瓶，但是在這時候，他卻誇讚我是天才，還叫我偽造其他作品——這就是我踏入贗品界的開端哩。」

我站在一旁聽見他這麼說，不由得再次屏息。

原來如此。

他打從一開始就在製作贗品啊。

一切的開端，就是因為他仿製出跟自己最親近的父親的作品……

這不就和福爾摩斯先生的推論如出一轍嗎？

「只要畫得完美，同時不留下自己的痕跡，就能得到我最想得到的——來自父親的誇獎。所以我感到非常滿足哩。不過，家父最後也因為飲酒過量死了……在那之後，我出自慣性，依然繼續接受繪製贗品的委託，可是愈來愈覺得一切都很無趣哩。我不知道自己的人生究竟為了什麼，所以遁入佛門哩。就在這個時候，我一直以來都沒人看穿的偽作，竟然被一個比我小的人看穿了，我突然覺得很興奮哩。我的心情，就像是終於有人看見了多年來只是個影子的我、看見了始終躲在黑暗裡的我。這次在繪製的時候，我也很緊張哩。我既想被你看穿，又不想被你看穿。我一直在這兩種心情之間擺盪哩。我現在好像能體會想在贗品上留下自己痕跡的心情了哩。所以，我真的不知道究竟是希望你來，還是希望你不要來。」

圓生將視線轉向福爾摩斯先生。

「不過，就在剛才你問我『那你現在的心情呢？』的時候，我突然有了答案。」

語畢，圓生便倏地闔起手裡的扇子，猛力地刺向福爾摩斯先生的喉頭。

「——！」

『啪』的一聲，福爾摩斯先生一把抓住了扇子。

「……好危險喔，你想刺穿我的喉嚨嗎？」

「怎麼可能，我只是回敬你而已。」

圓生陰險地笑了笑。

現場緊張的氣氛讓我和秋人先生瞠目結舌，臉色發白地用手摀著嘴。

「我現在已經有答案了。我果然很討厭你。你一方面表現得品行端正、舉止優雅，每個人都很喜歡你，卻沒有人知道你在想什麼，你的內心根本一團漆黑。你這個人，簡直就像京都這個城市一樣哩。我就是不喜歡京都哩。」

福爾摩斯先生一個使勁，把他抓住的扇子折斷。

「——多謝哩。能被比喻成京都，真是我的光榮哩。」他露出一抹高傲的笑容。

「喔，你露出本性了哩。你現在的表情陰險極了哩。」

「正如你所言，京都男人都很腹黑哩。」

「我雖然討厭你，但你這一點我倒是挺喜歡的哩。」

「你的全部我都討厭。」

「太好了。看來在讓你蒙羞之前，我還不能引退哩。」
「很遺憾，我並沒有蒙羞的打算，可以請你趕快退下嗎？」
「別這樣說咩。該怎麼說哩，我可能只是想對自己一直以來做的事情感到驕傲唄。」
「仿製師根本不需要什麼驕傲哩。」
「你好嚴格喔。」
圓生輕輕地放開扇子，呵呵笑了起來。
「欸，你知道嗎？這座本堂的天花板上有血跡哩。」
圓生突然改變話題，望向天花板。福爾摩斯先生點點頭。
「我當然知道。」
聽見他的話，我和秋人先生也一起抬頭望向天花板。
天花板上有黑漬與腳印，讓我瞬間背脊發涼。
「哇，為什麼那種地方會有腳印！難道是忍者的腳印嗎？」
聽見秋人先生大聲這麼說，福爾摩斯先生苦笑。
「源光庵並沒有發生過戰爭，這裡的天花板，其實是伏見桃山城的地板。德川家康的忠臣與石田三成率領的軍隊在桃山城交戰，死傷慘重。為了供養那些戰死沙場的亡靈，當時人們將五片殘留著血跡的地板送至各個寺院，其中一部分就是在源光庵接受祭拜。」

「原、原來如此。」

我點點頭。等我把視線拉回來的時候，圓生已經不見蹤影了。

我和秋人先生張口結舌，福爾摩斯先生則是嘆了一口氣。

「……原來如此，他真的是個像忍者一樣的人呢。」

沉默了半晌之後，福爾摩斯先生這麼說，同時把他手上折斷的扇子打開。

「……真是的，這個人真是徹頭徹尾地令人生氣。」

看見扇子之後，他皺起了眉頭。

「咦，怎麼了嗎？」

「這把扇子是我的，他卻擅自在上面寫了一個『勝』字。」

——原來如此，這真的很令人憤怒。

「可、可是，最後勝利的是福爾摩斯先生對吧。」

「對啊，你這次也揭穿了那個傢伙製作的贗品了呀。你不用覺得生氣吧。」

面對探出身子這麼說的我們，福爾摩斯先生皺著眉說：

「……不是哩。」

「咦？」

「我之所以能夠判斷那幅畫是贗品，是因為我知道那是『亨特在呈現出自然光線的作品中被譽為表現得最棒的一幅作品，當時還曾經獲獎』。倘若沒有這個知識，我根本看不出來。就在我說出關鍵是『光』的時候，那個人露出了覺得自己獲勝的驕傲笑容。

我是看穿了沒錯，但他還是覺得他獲勝了吧——事實上也是他贏了，我輸了。」

福爾摩斯先生用力握緊扇子，肩膀微微顫抖。

我完全能感受到他的不甘，而這令人十分難過。

這種時候，我應該說些什麼才好呢？

『儘管如此，福爾摩斯先生最後還是看穿了啊。包括你的知識在內，這一切都是福爾摩斯先生的勝利啊！』

……最好是。

我覺得他才不想聽這種安慰的話。

我緊握拳頭，注視著福爾摩斯先生。

「──既、既然如此，下次圓生再來向你挑戰的時候，請你一定要漂亮地揭穿他！」

聽見我用強烈的口吻這麼說，福爾摩斯先生略顯驚訝地看著我。

「……葵小姐。」

秋人先生也像是嚇了一跳似地望向我。

「下次請你絕對不要輸。」

我接著這麼說。福爾摩斯先生先是睜大了雙眼，接著露出了笑容。

「好，下次我一定會把他徹底擊潰。」

看見福爾摩斯先生露出爽朗的表情這麼說，不知為何我突然好想哭。

「……福爾摩斯先生。」

我的眼頭一熱，忍不住低下頭來。

「哎呀，讓妳嚇到了，真是抱歉哩。」

一隻大手溫柔地摸著我的頭。

「沒關係。」

我搖搖頭。

「不好意思，我們要關門了。」

忽然傳來一道聲音，我們趕緊抬起頭。

「──那我們走吧。」

福爾摩斯先生說，我們也點點頭。

7

離開本堂的時候，我用眼角餘光看著那兩扇美麗的窗。

表示人生中各種苦惱的方形『迷惘之窗』，以及表示大宇宙的圓形『頓悟之窗』。

已經達到仿製師的巔峰，準備走向頓悟之道的圓生，被福爾摩斯先生看破之後，便返回了俗世。

他今天之所以選擇這個地方，是否正表示他仍在迷惘呢？

如果被看穿的話，就做個了結吧；就算沒有被看穿，也已令人心滿意足，因此還是做個了結吧。他的心裡可能一直舉棋不定。

可是他今天確定的，卻是想要打敗福爾摩斯先生這種凡人的心情。

他決定停留在方窗，而不是圓窗──

面對這些因緣糾葛，我覺得心情很複雜。就在這個時候，福爾摩斯先生停下了腳步。

走在前面的秋人先生已經走過轉角，看不見人影了。

「福爾摩斯先生？」

他怎麼了？

我也停下腳步，抬頭看著福爾摩斯先生。

「葵小姐，剛才謝謝妳。」

「咦？」

「因為葵小姐的激勵，我現在又充滿了力氣。我會更精進，不只是圓生，我一定要成為一個能夠看破任何贗品的鑑定師。」

他用堅定的口吻這麼說。

他的側臉看起來沒有一絲猶豫。

啊，原來如此。

我想，說不定圓生他……其實是為了讓福爾摩斯先生更上一層樓，而被上天派來的存在。

「——好的，請你加油。」

我也帶著笑容回答他。這時，福爾摩斯先生輕輕伸出手，握住了我的右手。

「！」

我嚇了一跳，抬起頭來，只見福爾摩斯先生直視著我的雙眼。

總覺得這跟剛才在判定真偽遊戲中獲得冠軍的時候不一樣。

緊緊握著的手以及他的眼神，都熾熱無比。

「……葵小姐。」

「是、是的。」

我的胸口噗通噗通地響。

心跳快得彷彿心臟快要爆炸一樣。

「我……」

福爾摩斯先生這麼說，同時更用力地握住我的手。就在這個時候——

「喂——你們怎麼還不過來！」

秋人先生的聲音從停車場傳來，我們嚇了一跳。

「…………」

福爾摩斯先生像是欲言又止似地，吐了一口氣，接著輕輕放開我的手，抓了抓自己的瀏海。

「啊，呃，對不起，我想下次再好好跟妳說。找一個秋人先生不在附近的時候。」

「好、好的。」

我滿臉疑惑地點頭。

「你──們──在──幹──嘛──」秋人先生再次大聲喊道。

「我們馬上來。」

福爾摩斯先生一臉無力地回答。

「……我們走吧。」他對我說，露出一個溫柔的笑容。

「好、好的。」我用力點頭，往前走去。

福爾摩斯先生剛才究竟想要說什麼呢？

……福爾摩斯先生當時的眼神，以及緊握住我的手的觸感，彷彿直到現在都還留著，害我臉頰發燙，心跳加速。

我們來到停車場之後，便看見秋人先生站在車子前面，對我們揮手。

「你們在幹嘛啦，怎麼那麼慢。」

「對不起。我現在有點後悔帶你來了。」

福爾摩斯先生用冷冷的口吻說，接著打開車門。

「咦？」秋人先生眨眨眼。「你在說什麼啊？」他疑惑地說。

「先別管這個了，欸，我們去吃肉好不好？說到京都就會想到肉嘛。」他坐上車。

「好啊。不吃點肉，就沒有辦法戰鬥了。」

福爾摩斯先生手握著方向盤，用力點頭。

「可是說到京都，最先想到的不是應該是『日式』嗎？怎麼會是『肉』呢？」

我坐在副駕駛座上，邊綁安全帶邊笑著說。沒想到他們兩個人都露出了驚訝的表情。

「咦，葵小姐，妳不知道嗎？京都也是以『肉』聞名的唷。」

「對啊對啊，附近地區美味的肉都聚集在京都呢。」

「是啊，而且還有『肉懷石』呢。」

「是啊，我很想告訴大家，來京都的時候，比起湯豆腐，更應該吃肉懷石呢。」

「我也有同感。當然，我也很推薦日式料理就是了。」

聽他們人爭先恐後地這麼說，我只能愣在那裡。

「原、原來如此啊。我不知道呢。」

「那我們走吧。」

「好哇，那我們去『弘』吧。」

「『森田屋』也不錯呢。」

我聽著他們兩人的對話，不經意地看著窗外。

染成一片橘色的天空，美得讓人喘不過氣。

我仔細凝視，想把眼前的美景深深烙印在腦海裡，接著輕輕閉上了眼睛。

——今天在這裡發生的事，我想我一輩子都不會忘記。

鑑定師和仿製師。

兩名年輕天才擦出的火花，就像楓葉一樣美麗。

福爾摩斯先生的不甘以及決心……

原已準備走上頓悟之路的圓生，最後卻選擇繼續迷惘；福爾摩斯先生因為他的存在，而悟出自己應該繼續前進的道路。

我想這真的是因緣吧。

……迷惘和頓悟。

不管有多麼渴望頓悟，只要身而為人，活在世上，或許永遠都難以完全頓悟吧。我們會在迷惘之中偶爾頓悟，但又繼續迷惘吧。

我暗自下定決心，有一天當我極度迷惘時，我還要再來這裡。

——為了凝視那扇勾勒出正圓形的宇宙之窗……

車子往前行駛，我們離開了源光庵，伴隨著夕陽往下坡驅車前進。

被冷冽的風吹得四處飛舞的楓葉，彷彿帶來了秋天即將結束的訊息，準備迎接京都的冬天。

参考著作・文献等（敬称省略）

中島誠之助《ニセモノはなぜ人を騙すのか》（角川書店）
中島誠之助《中島誠之助のやきもの鑑定》（双葉社）
Stan Lauryssens／楡井浩一《贋作王ダリ》（Aspect）
Frank Wynne／小林頼子《フェルメールになれなかった男・20世紀最大の贋作事件》（筑摩書房）
《美術手帖2014年9月號》（美術出版社）

京都寺町三条商店街的福爾摩斯2
真贋事件簿

(原著名：真贋事件簿–京都寺町三条のホームズ(2))

日本双葉社正式授權繁體中文版

作者：望月麻衣
封面插畫：ヤマウチシズ
譯者：周若珍

【發行人】范萬楠
【出　版】東立出版社有限公司
【地　址】台北市承德路二段81號10樓
TEL：(02)2558-7277
【香港公司】東立出版集團有限公司
香港北角渣華道321號
柯達大廈第二期407室
TEL：23862312

【劃撥帳號】1085042-7
【戶　名】東立出版社有限公司
【劃撥專線】(02)2558-7277總機0
【美術總監】林雲連
【文字編輯】謝欣純
【美術編輯】王宜茜
【印　刷】勁達印刷廠
【裝　訂】台興印刷裝訂股份有限公司
【版　次】2018年08月21日第一刷發行

東立小說網站：http://www.tongli.com.tw/NovelIndex.aspx
 ISBN 978-957-261-331-3
中文版銷售地區／台灣、香港